AF187374

Tucholsky Wagner Zola Scott Sydow Freud Schlegel
Turgenev Wallace Fonatne
Twain Walther von der Vogelweide Fouqué Friedrich II. von Preußen
Weber Freiligrath Frey
Fechner Weiße Rose von Fallersleben Kant Ernst
Fichte Hölderlin Richthofen Frommel
Fehrs Engels Fielding Eichendorff Tacitus Dumas
Faber Flaubert
Feuerbach Maximilian I. von Habsburg Fock Eliasberg Zweig Ebner Eschenbach
Ewald Eliot Vergil
Goethe Elisabeth von Österreich London
Mendelssohn Balzac Shakespeare Dostojewski Ganghofer
Trackl Lichtenberg Rathenau Doyle Gjellerup
Mommsen Stevenson Tolstoi Hambruch Droste-Hülshoff
Thoma Lenz Hanrieder
Dach Verne von Arnim Hägele Hauff Humboldt
Reuter Rousseau Hagen Hauptmann Gautier
Karrillon Garschin Defoe Baudelaire
Damaschke Descartes Hebbel
Wolfram von Eschenbach Dickens Schopenhauer Hegel Kussmaul Herder
Bronner Darwin Melville Grimm Jerome Rilke George
Campe Horváth Aristoteles Bebel Proust
Bismarck Vigny Barlach Voltaire Federer Herodot
Gengenbach Heine
Storm Casanova Tersteegen Gilm Grillparzer Georgy
Chamberlain Lessing Langbein Gryphius
Brentano Lafontaine
Strachwitz Claudius Schiller Schilling Kralik Iffland Sokrates
Katharina II. von Rußland Bellamy Gibbon Tschechow
Gerstäcker Raabe
Löns Hesse Hoffmann Gogol Wilde Vulpius
Luther Heym Hofmannsthal Klee Hölty Morgenstern Gleim
Roth Heyse Klopstock Puschkin Homer Kleist Goedicke
Luxemburg La Roche Horaz Mörike Musil
Machiavelli Kierkegaard Kraft Kraus
Navarra Aurel Musset Lamprecht Kind Kirchhoff Hugo Moltke
Nestroy Marie de France Laotse Ipsen Liebknecht
Nietzsche Nansen Marx Lassalle Gorki Klett Leibniz Ringelnatz
von Ossietzky May vom Stein Lawrence Irving
Petalozzi Knigge
Platon Pückler Michelangelo Kafka
Sachs Poe Liebermann Kock Korolenko
de Sade Praetorius Mistral Zetkin

Der Verlag tredition aus Hamburg veröffentlicht in der Reihe **TREDITION CLASSICS** Werke aus mehr als zwei Jahrtausenden. Diese waren zu einem Großteil vergriffen oder nur noch antiquarisch erhältlich.

Symbolfigur für **TREDITION CLASSICS** ist Johannes Gutenberg (1400 — 1468), der Erfinder des Buchdrucks mit Metalllettern und der Druckerpresse.

Mit der Buchreihe **TREDITION CLASSICS** verfolgt tredition das Ziel, tausende Klassiker der Weltliteratur verschiedener Sprachen wieder als gedruckte Bücher aufzulegen – und das weltweit!

Die Buchreihe dient zur Bewahrung der Literatur und Förderung der Kultur. Sie trägt so dazu bei, dass viele tausend Werke nicht in Vergessenheit geraten.

Geheime Geschichten und rätselhafte Menschen - Zweites Bändchen

Friedrich Bülau

Impressum

Autor: Friedrich Bülau
Umschlagkonzept: toepferschumann, Berlin

Verlag: tredition GmbH, Hamburg
ISBN: 978-3-8472-3660-3
Printed in Germany

Friedrich Bülau

Geheime Geschichten und rätselhafte Menschen – Zweites Bändchen.

Sammlung verborgener oder vergessener Merkwürdigkeiten.
herausgegeben von Friedrich Bülau.

Leipzig

Die Geheimnisvollen im Schlosse zu Eishausen

Eine wahre Geschichte ohne Lösung.

Geheime Geschichten

und

rätselhafte Menschen.

Sammlung
verborgener oder vergessener Merkwürdigkeiten.

Herausgegeben

von

Friedrich Bülau.

In neuer Auswahl.

Zweites Bändchen.

Leipzig

Druck und Verlag von Philipp Reclam jun.

1. Einleitung.

An der Straße, welche von Koburg nach Hildburghausen führt, liegt, eine gute Stunde vor letztgenannter Stadt, das Dorf Eishausen. Links ab von der Chaussee, am fernsten Ende des ziemlich ansehnlichen Dorfes, bemerkt der Reisende ein stattliches, alle anderen Häuser des Ortes überragendes Gebäude. Und wer einmal in der Zeit von 1810 bis 1845 des Weges gekommen ist und im Dorfe sich näher erkundigt hat, der erinnert sich wohl, daß ihm die Bauern gesagt haben, jenes Haus sei das Schloß; darin wohne der » *gnädige Herr;*« der sei sehr reich und sehr wohlthätig; aber wer er selbst sei, das wisse kein Mensch, selbst der Herzog nicht.

Am 8. April 1845 standen zum erstenmale nach fünfunddreißig Jahren die Thüren des geheimnisvollen Schlosses offen. Der Unbekannte war gestorben. Männer, Weiber und Kinder drängten sich mit geheimer Scheu in das Schloß; von Thränen verdunkelte Augen suchten nach der Lösung des Geheimnisses, das länger als ein Vierteljahrhundert unter ihnen gelebt hatte. Das Gericht drang ein. Schlösser wurden geöffnet, Siegel angelegt; aber der greise Einsiedler, noch im Tode ein kräftiges, schönes Bild, hielt sein Geheimnis fest.

Geschäftige Federn brachten jetzt die Geschichte auf den Markt der Journalistik und, wie es bei einer so mysteriösen Sache natürlich ist, mischten sich wahre Nachrichten mit falschen, wenige wohlmeinende Vermutungen mit vielen schlimmen auf so wunderliche Weise, daß es dem gespannten Publikum unmöglich werden mußte, zu einer nur etwas klaren Auffassung des geheimnisvollen Lebens zu gelangen.

Ich habe dieses merkwürdige Einsiedlerleben, das ein günstiges Zusammentreffen von Umständen meiner Beobachtung besonders naherückte, vierunddreißig Jahre lang nur selten aus dem Auge verloren. Was ich beobachtet oder mittelbar erfahren habe, will ich in diesen Blättern mitteilen. Ich glaube, daß ich imstande bin, mehr zu erzählen, als irgend jemand aus der nähern oder fernern Umgebung des Geheimnisvollen; aber ich muß freilich zugleich erklären, daß selbst die ganze Summe meiner Wahrnehmungen nicht hinreicht um den Schluß der Geschichte – die Lösung des Rätsels – finden zu lassen.

Das Bild, das ich den Lesern gebe, ist immer nur ein verschleiertes Bild. Es hat sich auch mir nie enthüllt. Wäre dies der Fall, so würde ich anders erzählen – oder auch vielleicht gar nicht.

Ich habe vierzig Jahre lang auf die Enthüllung des Geheimnisses gewartet, das ich vor Augen hatte; jetzt geht meine Geschichte in die Welt, nicht um eine solche Enthüllung zu geben, sondern um sie zu *suchen*. Die Neugierde des Publikums, der Scharfsinn der Polizei, alle Bemühungen der Gerichte haben nicht vermocht, den Schleier zu heben. Vielleicht kommen diese Blätter vor die Augen eines Menschen der mit Hilfe der Daten, die sie enthalten, den Schlüssel des Rätsels zu finden vermag.

Ich bin mit meinen Wahrnehmungen nicht hervorgetreten zu jener Zeit (unmittelbar nach dem Tode des Unbekannten), als alle Zeitungen das Interesse ihrer Leser nach dem geheimnisvollen Schlosse in Eishausen lenkten und die widersprechendsten Hypothesen über das Leben des Einsiedlers durcheinander fluteten, und ich komme deswegen mit meinen Mitteilungen vielleicht etwas zu spät für die Kuriosität des Publikums. Aber ich wünsche eben auch ein höheres Interesse in Anspruch zu nehmen, als das der Neugierde, und in solcher Beziehung wird es von einigem Werte sein, daß die Eindrücke, die ich empfing, Zeit genug hatten, sich abzuklären. Selbst jetzt würde ich mit diesen Mitteilungen, obgleich es mir nicht an mancher Aufforderung zu deren Veröffentlichung gefehlt hat, schwerlich hervortreten, wenn ich nicht glaubte, daß die Öffentlichkeit ein Recht wie ein Interesse an dem Geheimnisse des Schlosses in Eishausen habe, und daß der Wahrheit nicht allein, sondern selbst dem Interesse der Personen besser gedient sei, wenn die düstere Wolke des Zweifels und Argwohns, die sich über das Grab des Einsiedlers gelagert hat, mit scharfem Strahl beleuchtet und zerstreut, oder selbst zur Entladung ihres Wetterstoffs gebracht wird, als wenn ihre giftigen Dünste im ungestörten Zwielichte des Gerüchts das Monument, das Dankbarkeit und Pietät auf dem Grabe des Unbekannten erhalten möchten, allmählich zerbröckeln.

Die Leser bitte ich, daß sie durch den Reiz des Geheimnisvollen, Abenteuerlichen und Schauerlichen sich nicht verleiten lassen, bei der Betrachtung des wunderbaren Lebens, das ich ihnen vorführen will, den Standpunkt psychologischer Beobachtung zu verlassen; denn von diesem aus betrachtet bietet der Gegenstand, nach meiner Meinung, unter allen Umständen das größte und reinste Interesse. Die Gesichtspunkte, welche das Interesse der Polizei und der Rechtspflege in Anspruch nehmen, bieten sich von selbst dar.

Ich werde stets der Spur der Wahrheit zu folgen suchen und in das Gebiet der Dichtung und Sage, so nahe es hier auch an die Wirklichkeit grenzt, nirgends abschweifen. Ich werde unparteiisch alles vorrätige Material liefern, unbekümmert, ob es der guten Meinung, oder dem Argwohn zum Anhalt dienen mag, und eben so nüchtern, hoffe ich, wird meine Kritik sein.

2. Die Unbekannten in Ingelfingen.

Erst in der neuesten Zeit ist es gelungen, die Spur des Unbekannten rückwärts bis zum Jahre 1803 oder 1804 zu verfolgen.[1] Um jene Zeit erschien in dem Städtchen *Ingelfingen* im Württemberg'schen ein Unbekannter, der sich *Graf* oder *Baron* nannte, und lebte daselbst einige Zeit in rätselhafter Dunkelheit. Er hatte eine Mietwohnung bezogen, zugleich mit einer Dame, die er selbst seine Gemahlin genannt haben soll, oder die man wenigstens allgemein dafür hielt. Die vornehme Einfachheit seiner Lebensweise ließ den hohen Rang, seine Zurückgezogenheit von der Welt ließ reiche Welterfahrung durchblicken. Er hatte eigene Equipage; sein einziger Diener der zugleich Kutscher war, teilte die Abgeschiedenheit seines Herrn und zeigte in seiner noblen Haltung eine weit über seinen Stand gehende Bildung. Eine weibliche Dienerin war unter der Verpflichtung der Verschwiegenheit angenommen worden; sie durfte nur zu gewissen Stunden die Wohnung der Fremden betreten. In die Nähe der Dame aber ist selbst diese Dienerin nie gekommen. Der Graf war das einzige menschliche Wesen, mit welchem die Unbekannte in Berührung kam. Niemand in Ingelfingen hat sie gesprochen, oder auch nur sprechen hören. Wenn sie Tritte auf der Treppe hörte, flüchtete sie in ihr innerstes Gemach, das sie hinter sich verschloß. Sie soll viel geweint haben. Wenn sie am Arme ihres Gemahls spazieren ging, oder wenn sie mit ihm ausfuhr, war sie verschleiert oder trug eine grüne Brille; doch wollten damals Personen die sie sahen, behaupten, daß sie eine auffallende Ähnlichkeit mit der Tochter Ludwigs XVI. zeige.

Der Graf mied nicht allen Umgang. Er kam z. B. öfters zu dem Apotheker, in dessen Haus er wohnte, interessierte sich für dessen chemische Arbeiten und sprach mit ihm einsichtsvoll über medizinische Gegenstände. Die wenigen, die mit dem Grafen in nähere Berührung kamen, priesen mit Entzücken die Liebenswürdigkeit seines Charakters, sein edles, gemütvolles Wesen, seine wissen-

---

[1] Die nachfolgende Mitteilung aus Ingelfingen verdankt man einer Dame, der Tochter des Geheimrats K., die zu der angegebenen Zeit selbst in Ingelfingen lebte. Sie ist durch einige Personen, namentlich die (kürzlich verstorbene) Fr. v. B. in Ludwigsburg bestätigt.

schaftliche Bildung, seine tiefen Kenntnisse politischer Verhältnisse und bedeutender Personen.

Man erinnerte sich, daß er einst auf die Frage, ob er Kinder habe, mit tiefer Wehmut antwortete: »Wenn ich so glücklich wäre!« Und doch war damals der Graf ein blühender Mann, höchstens ein Vierziger, und die Dame, die er begleitete, stand in der ersten Jugendblüte!

Der Graf interessierte sich sehr für die politischen Gesinnungen der Vornehmen in Ingelfingen; er selbst zeigte Sympathie für die rechtmäßige Dynastie in Frankreich. Zeitungen in verschiedenen Sprachen hielt er für seine Person; von fernen Posten kamen häufige Briefe an ihn. In Ingelfingen war man allgemein der Meinung, daß er ein französischer Prinz sei; viele hielten ihn für den Herzog von Angoulême selbst.

Eines Morgens waren die Unbekannten plötzlich verschwunden; für einige Bekannte hatte der Graf wertvolle Geschenke zurückgelassen. Gleich darauf kam die Nachricht, daß der Herzog von Enghien auf badischem Gebiet aufgegriffen und nach Paris abgeführt worden sei (März 1804). Man war in Ingelfingen allgemein der Meinung, daß der Graf, von diesem Vorfall zeitig benachrichtigt, sich einem ähnlichen Schicksale durch die Flucht habe entziehen wollen. Einige Monate später aber las man im Schwäbischen Merkur die Nachricht von dem Tode eines französischen Emigranten von Bedeutung, der sich einige Zeit in Ingelfingen aufgehalten habe. Die Beschreibung des Verstorbenen paßte Zug für Zug auf den Grafen. Seitdem hielten die Ingelfinger ihren Unbekannten für tot, und er war fast vergessen, als im Jahre 1845 die öffentlichen Nachrichten über den Geheimnisvollen in Eishausen in den wenigen noch Lebenden die Erinnerung an ihn wieder weckten.

So weit unsere Mitteilung aus Ingelfingen.

Die Vermutung liegt nahe, daß der Zeitungsartikel von dem Tode des Emigranten fingiert war und die Absicht hatte, die Spur des Unbekannten von der Erde zu verwischen. Außer allem Zweifel steht es, daß dasselbe Geheimnis, welches den Augen der Ingelfinger entschwunden war, drei oder vier Jahre später von einem Grafen Vavel de Versay in Hildburghausen eingeführt wurde. Es ist dieselbe einsiedlerische Dame mit Schleier und grüner Brille, es ist derselbe seltsame Diener, der zugleich Kutscher war, und der Graf Vavel scheint nach allem der aus dem Grabe erstandene Mann von Ingelfingen; die Beschreibung seiner äußeren Erscheinung und seiner Lebensweise, wie wir sie von Ingelfingen erhielten, spricht für die Identität der Person. War der Geheimnisvolle von Ingelfingen wirklich gestorben, so war es sein Doppelgänger, der in Hildburghausen erschien, – so war es ein Mann, der die Rolle jenes Geheimnisvollen in demselben Augenblick aufnahm, als sie dem Sterbenden aus der Hand fiel, und sie bis zu seinem eigenen Tode fortspielte. Gegen das Ende unserer Erzählung wird diese Frage der Identität, die hier ziemlich müßig erscheinen mag, in höchster Bedeutung wieder hervortreten.

3. Der Graf und die Gräfin in Hildburghausen.

In *Hildburghausen* finden wir den Grafen mit der Dame, die ihn begleitete, zuerst in dem Englischen Hof, dem damals angesehensten Gasthaus der kleinen Residenz.[2] Er bleibt vier Wochen und Monate lang, macht Ansprüche auf die feinste Lebensweise und entspricht diesen Ansprüchen durch reichliche Bezahlung. Man hört in der Stadt, der Fremde sei ein Graf Vavel de Versay. Er gilt für einen französischen Emigrirten, sein Grafentitel und das Aristokratische seiner Erscheinung für genügende Legitimation; den Grund seiner gänzlichen Zurückgezogenheit sucht man in politischer Verfolgung, oder in einem vom Unglück gebeugten Gemüte.

Daß der Fremde von der Polizei nach einer Legitimation gefragt worden sei, hat man nie gehört. Gewiß ist, daß er weder einen Paß, noch eine andere Legitimation vorgezeigt hat. Den Grafentitel scheint er übrigens ohne sein Zuthun erhalten zu haben; wenigstens äußerte er dreißig Jahre später mit Lächeln: »man hat mich zum Grafen gemacht; selbst zum Monseigneur wollte man mich einst machen.«

Geheimerat S. in I. soll behauptet haben, daß er als früherer Hildburghäuser Geheimerat die Unterschrift des Unbekannten als »Baron Vavel de Versay« zu sehen Gelegenheit gehabt habe. Allein dies ist wohl eine Verwechselung damit, daß Briefe an den Unbekannten jene Adresse trugen und Herrn S. zu Gesicht kamen. Daß eine Unterschrift des Unbekannten dem Herrn Geheimerat je vor das Auge gekommen sei, muß ich sehr bezweifeln. Wenigstens ist dies gewiß, daß sich nirgends, auch nicht in den geheimsten Aktenschränken Hildburghausens, auch nur *ein* Buchstabe von des Unbekannten Hand vorfindet. Der Diener, den er bei sich führte, nannte ihn: »der »gnädige Herr.« Die Namen seines Gebieters nannte er *nie*. Das Publikum betrachtete ihn als einen namenlosen Menschen; nur mitunter hörte man ihn den »Pfaffel« nennen, eine Benennung, die

---

[2] Die Bekanntmachung, welche das Hildburghauser Kreisgericht nach dem Tode des Unbekannten erließ, giebt das Jahr 1806 als die Zeit seines ersten Auftretens in Hildburghausen an. Ich muß aber bemerken, wie die Behauptung zuverlässiger Zeitgenossen dafür spricht, daß der Graf erst im Jahre 1807 nach Hildburghausen gekommen ist.

jedenfalls aus der Verstümmelung des Namens Vavel entstanden war. Der Name Vavel de Versay kursierte nicht. Man nannte den Fremden nur schlechtweg den »Grafen«, und diesen Titel mag der Unbekannte auch in der nachfolgenden Erzählung fortführen.

Man hat vielfach und mit Bestimmtheit behauptet, der Graf habe sich dem damals regierenden Herzog Friedrich von Sachsen-Hildburgh., oder der geistreichen Herzogin Charlotte (Schwester der Königin Luise von Preußen) anvertraut, wenigstens Empfehlungsbriefe von hoher Hand an das herzogliche Haus abgegeben. Dieser Behauptung muß indes auf das Bestimmteste widersprochen werden. Der Vorgang, welcher zu jener Annahme Veranlassung gegeben haben mag, soll später erwähnt werden. Hier nur soviel, daß *niemand* in Hildburghausen das Geheimnis des Grafen kannte, – wenn nicht sein Diener.

Übrigens hatte in den ersten Wochen und Monaten seines Aufenthalts in Hildburghausen die Erscheinung des Unbekannten nichts besonders Auffälliges. Man war ja damals noch nicht aus der Gewohnheit gekommen, französische Emigranten ohne Paß und in der mysteriösesten Verhüllung durch Deutschland reisen zu sehen. Dazu erfuhr man, daß der Graf sich schon einige Zeit in der Gegend aufgehalten habe, namentlich auch in Themar, wo der damalige Amtmann, Hofrat Mereau, ihn gesehen und wahrscheinlich auch gesprochen hat. Von einem frühern Aufenthalt in Ingelfingen hatte man nicht die entfernteste Ahnung; auch später erst erfuhr man, daß der Fremde sich einige Zeit in Frankfurt am Main und, gleichzeitig mit einer großen Anzahl hervorragender französischer Emigranten, in Mainz aufgehalten hatte (dies erklärte er später selbst) und daß in Offenbach ein rätselhafter Mann, Namens Frank, gelebt haben solle, der wenigstens durch seine Zurückgezogenheit (nicht aber durch seinen Charakter) an den Unbekannten in Hildburghausen erinnerte.

Dieser selbst zeigte nicht die Absicht eines bleibenden Aufenthaltes in Hildburghausen. Zwar mietete er, nach einigem Verweilen im Englischen Hofe, eine Privatwohnung – die dritte Etage in dem ansehnlichsten Gebäude der Stadt dem jetzigen sogenannten Regierungsgebäude). Als aber, bald nach seinem Einzuge, in der Druckerei, die im Parterre des Hauses arbeitete, ein kleiner Feuerlärm entstand, verließ er sofort diese Wohnung und bezog nun die zweite Etage eines freistehenden Hauses in der Neustadt.

Die Besitzerin des Hauses (die verwitwete Geheimeassistenzrätin Radefeld) mußte versprechen, wenn zu dem Hause ein Käufer sich fände, es sogleich ihren Mietsmann wissen zu lassen.

Aus jener Zeit kommen etwas deutlichere Nachrichten über das Leben der Unbekannten, deren Geheimnis nunmehr das gute Hildburghausen in große Spannung gebracht hatte. Ehe der Graf das letzterwähnte Haus bezogen hatte, war er fast täglich in eigner Equipage mit schönen Schimmeln, den reichbedreßten Diener auf dem Bock spazieren gefahren. Nunmehr hatte er die Pferde abgeschafft und fuhr, zwar im eigenen Wagen, aber mit Postpferden. Bei solchen Fahrten hat die herzogliche Kinderfrau, die damals im jetzigen Batty'schen Hause vor der Stadt wohnte, den Grafen einige Male gesehen, und sie erzählte gerne davon, wie vornehm und schön der Mann ausgesehen habe und wie artig er sie und die fürstlichen Kinder gegrüßt habe; doch fuhr er nie im zurückgeschlagenen Wagen und gewöhnlich in die Ecke des Sitzes zurückgelehnt; auch sah man ihn zuweilen mit der tief verschleierten Dame am Arm spazieren gehen. – Einige Handwerker, von denen er Verschläge zu Treppe und Vorplatz bauen und dadurch seine Wohnung von dem übrigen Hausraum absperren ließ, – der Kaufmann und Ratsherr A., den er zum Geschäftsführer angenommen hatte, aber auch nur mit Geldgeschäften betraute, – eine Köchin und eine Aufwärterin, die beide außerhalb des Hauses wohnten, und die Hausbesitzerin selbst waren die einzigen Menschen, die der Graf in jener Zeit sprach.

Die Hausbesitzerin, schon damals eine Matrone, wurde nicht selten zu dem Grafen gerufen. War sie bei demselben eingetreten, so verschloß er hinter ihr die Thür. Er unterhielt sich dann mit ihr und wußte sich dadurch bald und unvermerkt in den bedeutenderen Persönlichkeiten der Stadt und in den bedeutendsten seiner Nachbarschaft vollkommen zu orientieren. Mit einer, wie es der Hausfrau vorkam, kleinlichen Neugierde, aber höchst wahrscheinlich tieferer Absicht, erkundigte er sich nach den Fremden, die in Hildburghausen ab- und zugingen. Die fremde Dame war bei solchen Besuchen *nie* zu sehen; sie wurde von ihrer Hauswirtin nur einige

Male beim Ausgehen flüchtig erblickt, und die Witwe wußte daher von der Dame nichts zu erzählen, als daß sie jung und sehr schön gewesen sei.

Die Fenster waren stets dicht verhängt, die Treppenthüre verschlossen; man erzählte, der Fremde habe scharf geladene Gewehre zu seinem Schutze; gewiß scheint, daß er einen Handwerksburschen, der unberufen eingedrungen war, im höchsten Zorn mit der Pistole in der Hand verjagte.

Wenn der Graf zugleich mit der Dame (meistens am frühen Morgen) spazieren fuhr, stiegen sie innerhalb des verschlossenen Hofraumes in den Wagen; dem Postillon war es untersagt, sich nach der Herrschaft umzusehen, und als einst die Kinder der Hausfrau sich an ein auf den Hof gehendes Fenster drängten, um die Gräfin einsteigen zu sehen, führte der Graf darüber Beschwerde bei der Mutter und forderte Schutz vor solcher Neugierde. Die zahlreichen Briefe, welche unter der Adresse Vavel oder Vavel de Versay ankamen, mußte die Hausfrau in Empfang nehmen, in einen Korb werfen, der zu solchen Zwecken an der Treppe hing, und dieses dem Grafen mit einem Zeichen der Glocke andeuten. Im Hause durfte keine Thüre mit Geräusch geschlossen werden, kein lautes Lachen sich hören lassen. Als einst die erwachsenen Söhne der Hausfrau in ihrem Wohnzimmer zu ebener Erde mit Rappieren fochten, drohte der Graf mit Aufkündigung, weil er solche Unruhe nicht vertragen könne. Im obern Stock herrschte fast immer lautlose Stille; doch hörte man häufig noch spät in der Nacht den Mann die Zeitungen mit starker Stimme und großer Lebhaftigkeit vorlesen.

In jener Zeit war der Graf mit der Dame oft mehrere Tage lang abwesend. Niemand, als der vertraute Diener, begleitete sie auf solchen Reisen. Niemand, als er, hat erfahren, wohin diese geheimnisvollen Ausflüge führten. Während einer solchen Abwesenheit hatte die stets außer dem Hause wohnende Köchin es gewagt, die Küche zu betreten, zu welcher sie einen Schlüssel hatte. Ihr Besuch wurde bei der Rückkehr des Grafen entdeckt und sie selbst sofort ihres Dienstes entlassen. Auch das Auge der Köchin hatte die Dame, der sie diente, nie erblickt.

Der Hausfrau wurde die Miete für Wohnung und Mobilien reichlich bezahlt und dadurch Entschädigung gewährt für die klösterliche Stille, die sie in ihrem Hause erhalten mußte. Als aber der Graf einst erfuhr, daß seine Hausfrau ohne sein Vorwissen sich auf Anerbietungen zum Verkauf des Hauses eingelassen hatte, kündigte er und mietete das herrschaftliche Schloß auf dem Domainengut zu Eishausen, fast 1 ½ Stunde von Hildburghausen entfernt.

4. Übersiedelung nach Eishausen. Der geheimnisvolle Kammerdiener und die übrigen Diener. Die Equipage.

Am 30. September 1810 übersiedelte der Graf in das Schloß zu Eishausen. Er nahm dort die zweite und dritte Etage in Besitz, während zu ebener Erde noch ein ergrauter herrschaftlicher Schloßverwalter (Handschuh) mit seiner ebenso alten Frau wohnte. Durch diesen stand die Bel-Etage des Schlosses im ungehinderten Verkehr mit dem Dorfe; nur tiefe Stille wurde den Besuchenden anempfohlen. Der Verwalter selbst, so wie seine Frau, waren stille, sehr brave Leute: das einzige Amt, das sie noch zu verwalten hatten, nämlich dies: die Stille und Ruhe des Schlosses zu hüten, stimmte zu ihrer Neigung, und überdies spornten Geschenke aus Küche und Keller des Grafen zum Eifer an.

Als ein Kind von neun Jahren wurde ich einmal zum Verwalter ins Schloß geschickt; ich ging zaghaft und auf den Fußspitzen die steinerne Treppe des Schlosses hinan. Ehe ich noch nach dem Klingelzuge griff, öffnete sich schon von innen leise die Thür und der Verwalter schob mich freundlich flüsternd in seine Stube. Der gute alte Mann mit dem kaffeebraunen Rocke, der halb Frack, halb Überrock war und von oben bis zu den Knöcheln herab mit zwei Reihen thalergroßer Metallknöpfe besetzt war, schenkte mir damals ein uraltes Bilderbuch: aber er sprach nur flüsternd mit mir, und ich war froh, als ich aus dem verzauberten Schlosse heraus war.

Ungeachtet dieses treuen Eifers für Bewahrung der Stille und Ruhe, konnte der Graf die Hausgenossenschaft der alten Leute nicht ertragen. Er bot ihnen überreiche Entschädigung, wenn sie sich in einem Hause des Dorfes einmieten wollten, und das alte Ehepaar ging endlich darauf ein, überlebte aber nur ein oder zwei Jahre die Verbannung aus dem Schlosse. Nunmehr war der Graf im ausschließlichen Besitz der drei Etagen des Schlosses. Er und die Dame scheinen vorzugsweise in der mittlern, selten in der obern Etage gewohnt zu haben; in der Bel-Etage wohnten der Kammerdiener und die Köchin. So waren vier einsiedlerische Menschen die alleinigen Bewohner des großen Gebäudes, in dem nicht viele Jahre früher ein pensionierter General mit seiner Familie und seiner zahlreichen

Bedienung gewohnt hatte, und tiefe Stille herrschte jetzt in den öden Räumen, in denen sonst die Zechgenossen des alten Kriegers gelärmt hatten. Nur der Fruchtboden des Schlosses blieb, zum großen Verdruß des Grafen, noch dem Kammergutspachter zur Benutzung überlassen. Obschon die Pachtersknechte, wenn sie die Getreidesäcke brachten oder holten, gewöhnlich in Strümpfen leise die Treppe auf- und abschlichen, konnte der Graf die Hausgenossenschaft des Getreides doch nicht ertragen, und nach mehreren Jahren gelang es ihm, durch bedeutende Geldopfer (er schoß das Geld zur Erbauung einer neuen Pachterwohnung vor und zahlte erhöhte Miete) sich auch in den Besitz des Bodens zu setzen.

Nach dem Auszuge des oben erwähnten Verwalters lebten, wie gesagt, im ganzen Schlosse neben dem Grafen und der Gräfin nur noch zwei Personen: der »Kammerdiener«, der mit dem Unbekannten gekommen war, und die Köchin.

Der Kammerdiener war ein ernster, abgemessener, wortkarger Mann, eine kräftig gebaute, breitschultrige Gestalt, mit vollem Gesicht und schneeweißem Haar. Er zeigte sich nie, wenn nicht in voller, reich bedreßter Livree; er ging fleißig in die Kirche, stand aber in wenig Verkehr mit dem Dorfe. Niemand hat von ihm eine Andeutung über die Geschichte seines Herrn vernommen, oder auch nur eine Anspielung darauf, daß er irgend ein Geheimnis zu bewahren habe. Im Dorfe stand er im Geruche eines Wundermannes: er konnte das Blut stillen, sagte die Witterung vorher und dergleichen mehr; ein Ruf, der sich wahrscheinlich nur auf seine, seinen Stand überragende Bildung gründete. Ich selbst habe den Mann nie gesprochen, oder sprechen hören, obschon ich vier bis fünf Jahre lang mit ihm in demselben Dorfe wohnte.

Die Köchin durfte das Schloß *niemals* verlassen. Als nach Jahren der Absperrung der Graf sie in einer außerordentlichen Verlegenheit, von der ich später erzählen werde, in der Nacht zu dem Pfarrer schickte, konnte sie sich kaum über den Weg fortschleppen; sie hatte das Gehen auf bloßer Erde verlernt.

Die Vereinsamung des Kammerdieners mit der Köchin blieb indes nicht ohne Folgen. Die Köchin bekam schnell hintereinander zwei Kinder; das erste, ein Knabe, wurde nach dem ausdrücklichen Willen des Grafen Papageno getauft. Beide Kinder wurden sogleich nach der Geburt aus dem Schlosse geschafft und in dem nächsten Dorfe (Steinfeld) erzogen. Papageno, oder Papperle, wie ihn die Leute nannten, machte später durch unordentliches Leben dem Grafen viel Verdruß. – Ein den Grafen berührender Verdacht knüpfte sich durchaus nicht an diese Kinder.

Kammerdiener und Köchin waren übrigens nicht die einzige Dienerschaft des Grafen. Der Graf hatte einen gewissen Schmidt und dessen Frau in Dienst genommen. Der Mann war, so viel ich weiß, aus Böhmen gebürtig. Er soll mit einem österreichischen Werbekommando nach Thüringen gekommen und hier, dem Dienste sich entziehend, zurückgeblieben sein. Seine Frau war aus Heldburg. Sie hatten früher, so erzählte mir die Frau, in kümmerlichen Verhältnissen gelebt; da prophezeite ihnen eine Zigeunerin,[3] ihr Unglück werde noch wachsen; dann aber werde ein Fremder aus fernen Ländern bei ihnen anklopfen; wenn sie dem gewährten und treu blieben, so werde er sie und ihre Nachkommen glücklich machen. Beide gaben sich wirklich mit unerschütterlicher Treue dem Dienste des Grafen hin. Sie wohnten aber nicht im Schlosse und selbst nicht im Dorfe, sondern fortwährend in Hildburghausen und gingen von hier aus täglich zum Dienst nach Eishausen. Die ganze Gegend kannte sie unter den Namen: »der *Schmidt* und die *Schmidtin*,« oder »der *Bote* und die *Bötin*«. Sie vermieden den Verkehr mit Menschen. Auf der Straße nach Hildburghausen, die über eine halbe Stunde weit der Graf mit seinem Fernrohr zu bestreichen vermochte, konnte man ihnen täglich begegnen; aber nie, wenigstens nie an den dem gräflichen Fernrohr offenen Stellen sah man sie ihre eilfertigen Schritte hemmen, niemals in Begleitung gehen, oder mit einem Begegnenden sprechen. Sie starben beide in des Grafen Dienst, und dieser erbte auf ihre beiden Söhne und deren Frauen fort.

Außer den Genannten hatte der Graf stets noch ein Mädchen aus dem Dorfe im Dienst, die aber nicht im Schlosse wohnte und ihre Aufträge gewöhnlich nur durch das Fenster erhielt, ohne das Schloß selbst betreten zu dürfen.

---

[3] Es läßt sich fragen, ob diese Zigeunerin vielleicht im geheimen Dienste des Unbekannten handelte.

Eine ziemlich unveränderliche Tagesordnung herrschte. Früh um 4 oder 5 Uhr klopfte die »Aufwärterin,« so wurde das im Dorfe wohnende Dienstmädchen genannt, an einem Fenster des Schlosses, gab durch das Fenster die Milch an die Köchin ab, erhielt die Zeitung für den Pfarrer und andere Aufträge. Um 9 Uhr sah man die »Bötin« aus der Stadt kommen; sie brachte Nahrungsmittel und andere Bestellungen aus der Stadt und die Briefe und Zeitungen der Morgenpost; ihr wurde das Schloß geöffnet; sie besorgte das Reinigen der Zimmer und dergleichen mehr.

Der »Kammerdiener« besorgte, neben seinem geheimen Dienste im Schlosse, die Wartung der Pferde, welche wieder angeschafft worden waren. Um 10 Uhr hielt gewöhnlich die Equipage des Grafen vor der Schloßthüre. Der Graf erschien mit der tief verschleierten Dame, führte sie mit dem Hut in der Hand die Treppe herab an den Wagenschlag, hob sie nach einer Verbeugung hinein, setzte dann sich selbst ein, und nun brausten die zwei riesengroßen pechschwarzen Rappen mit dem niemals zurückgeschlagenen Wagen, den »Kammerdiener« in dreieckigem Hute und silberstrotzender Livree als Kutscher auf dem Bock, das Dorf hervor auf dem Wege nach Rodach zu, einem kleinen koburgischen Landstädtchen. Ein paar hundert Schritte vor der Stadt wendete der Wagen um und fuhr nach Hause. Mitunter fuhr der Graf allein, ohne Begleitung der Dame; sehr selten des Nachmittags. Niemals ist die Dame allein ausgefahren.

Gegen Mittag verließ die »Bötin« das Schloß; am Nachmittage kam der »Bote« mit den Nachmittagszeitungen und zur Besorgung neuer Geschäfte. Am Mittwoch und Sonnabend Nachmittag ging noch ein dritter Bote, ein Mann vom Dorfe, in die Stadt, um die Abendzeitung zu holen.

Der Kammerdiener starb bald nach der Geburt seines zweiten Kindes.

Schon bei einer frühern Krankheit des Mannes war ein Arzt aus Hildburghausen zu ihm gerufen worden. Dieser besuchte den Kranken zweimal und war so glücklich, ihn wiederherzustellen. Bei dem zweiten Besuche hatte er sich etwas länger bei dem Kranken aufgehalten, worauf dieser ängstlich bat, er möge sich lieber entfernen, »denn der gnädige Herr sei zuweilen wunderlich.« In der letzten Krankheit des Kammerdieners, ein oder zwei Jahre später, wurde derselbe Arzt wieder zu dem Kranken gerufen, fand ihn aber bereits in einem höchst bedenklichen Zustande. Der Graf ließ den Arzt fragen, ob er an die Herstellung des Kranken glaube, und da der Arzt dies verneinte, ließ er ihm wenige Tage darauf sagen, er wolle ihn nicht weiter bemühen, sondern lieber dem Kranken mit einem Glase Wein etwas zugute thun. Wirklich starb der Kranke ohne weitere ärztliche Hilfe, und nur von einer zur Verschwiegenheit verpflichteten Frau, der sogenannten Teichgreth, gepflegt. Es wurde damals erzählt, auf dem Sterbebette habe der Kammerdiener in großer Unruhe nach dem Geistlichen verlangt, der Graf aber die Erfüllung seines Wunsches verweigert. Gewiß ist, daß der Kammerdiener in seinen gesunden Tagen den Pfarrer angegangen hatte, er möge ihm gestatten, daß er heimlich bei ihm beichte und das Abendmahl nehme; der Graf dürfe es nicht erfahren. Der Pfarrer glaubte ihm das Versprechen der Verheimlichung nicht geben zu dürfen, und die Kommunion unterblieb daher. – Als der Geistliche um die nötigen Lebensnotizen über den Verstorbenen bat, erklärte der Graf, der Geschiedene heiße *Philipp Scharre*, sei sechzig bis sechsundsechzig Jahre alt und aus der Schweiz gebürtig. Näheres könne er nicht angeben. Merkwürdiger Weise sollen noch zwanzig Jahre lang, bis zum Tode des Grafen, mitunter Briefe unter der Adresse des Kammerdieners ins Schloß gelangt sein.

Nach dem Tode des Kammerdieners wurde ein Kutscher aus dem Dorfe angenommen, ein junger Mensch aus einer armen, aber sehr stillen Weberfamilie, dessen einziger Bruder taubstumm war. Er überkam die Pflege der Pferde, durfte aber das Schloß nie betreten. Die Köchin war von nun an das einzige menschliche Wesen, daß mit dem geheimnisvollen Paare in den weiten Räumen des Schlosses wohnte.

Selbst der geringe Verkehr mit der Außenwelt, welchen die gräflichen Pferde vermittelten, wurde bald beschränkt und endlich ganz abgeschnitten.

Einst, als die Equipage des Grafen an dem täglichen Ziele ihrer Fahrt in der Nähe von Rodach umwenden wollte, hielt der Chausseegeldeinnehmer von Rodach den Wagen an und bat höflich: der Herr Graf fahre doch schon seit zwei Jahren täglich auf der Chaussee und wende immer kurz vor dem Schlagbaum um; er möge ihm doch auch eine Entschädigung für Chausseegeld zukommen lassen. Der Graf fuhr zornig auf, warf dem Menschen einen Kronthaler zu, und von diesem Tage an hat er *nie* wieder das Koburger Gebiet berührt. Der Wagen wendete von nun an stets an der Hildburghäuser Grenze um, und da diese nur eine gute Viertelstunde von Eishausen entfernt war, wurde die gewöhnliche Spazierfahrt um mehr als die Hälfte abgekürzt; sehr selten nahm sie ihren Weg nach der entgegengesetzten Richtung hin.

Die Pferde hatte der Graf dem Kammergutspächter (Kaiser) in Stall und Futter gegeben und bezahlte für beides reichlich. Eines Tages machte der Pächter erhöhte Forderungen. Das heftige Temperament des Grafen wallte auf. Am andern Morgen blieb zu unserer Verwunderung die gräfliche Equipage aus und bald sahen wir, zu noch größerem Erstaunen, den Schulzen des Orts und dessen Schwiegersohn die gräflichen Rappen, mühsam sie bändigend, durchs Dorf reiten. In der Nacht hatte der Graf den Schulzen wecken lassen und ihm die Pferde um ein Drittel des Wertes verkauft. Wie Diogenes zuletzt noch seinen Becher wegwarf, so hatte der Graf sich des letzten Verkehrs mit der Umgegend entschlagen. Er verließ seitdem nie mehr die nächste Umgebung des Schlosses, einige später zu erwähnende Ausflüge ausgenommen. Dem Pächter aber zahlte er Stall- und Futtergeld für zwei Pferde fort bis zu dessen Tode. »Er darf nicht denken,« soll er geäußert haben, »daß ich die Pferde um des Geldes Willen abgeschafft habe; nur von seiner Unverschämtheit will ich nicht abhängig sein.«

Nach dem Abzug der Rappen wurde ein Grasgarten in der unmittelbaren Nähe des Schlosses, von diesem fast nur durch eine, über einen tiefgebetteten Bach führende Brücke getrennt, dem Kammergutspachter abgemietet und, obgleich er schon durch seine Lage und hohes Buschwerk geschützt war, noch mit einer acht Schuh hohen Einfassung von Brettern umgeben. Dieser Garten war fortan der einzige Rest der Erde, der den Einsiedlern zu ihren Spaziergängen blieb.

5. Die Persönlichkeit des Grafen. Einzelne Züge der Lebensweise und des Charakters.

»Mein Noviciat in dem Schlosse zu Eishausen,« so schrieb der Graf viele Jahre später, »ist mir schwer, sehr schwer geworden.« – Daß es der Anfang einer lebenslänglichen Klostereinsamkeit sein würde, vermutete niemand. Die Einrichtung im Schlosse deutete auf die Absicht eines nur vorübergehenden Aufenthalts. Alle Möbel und Betten waren nur gemietet, und die reichliche Miete wurde von Monat zu Monat gezahlt, als ob man sich für jeden Augenblick zur Abreise bereit halte. Allgemein glaubte man, daß nach Entwirrung der französischen Zustände das Geheimnis der Unbekannten sich enthüllen und sie selbst aus ihrer Verbannung in Eishausen scheiden würden. Erst viele Jahre später verlautete, daß alle gemieteten Möbel und Betten, obschon die Miete dafür noch fortlief, schon lange auf den Boden geschafft und durch heimliche Sendungen aus der Ferne nach und nach vollständig ersetzt worden waren.

Von dem Leben der Einsiedler im Innern des Schlosses drang fast gar keine Kunde heraus. Unter den Erzählungen, die darüber kursierten zog mich als Kind besonders die an, daß man im Schlosse den artigen Zeitvertreib habe, Hunde an einen Wagen zu spannen und damit die Katzen durch die Zimmer und Säle des Schlosses hindurch spazieren zu fahren. Auch eine große Drehorgel befand sich in einem Hinterzimmer des Schlosses und wurde öfters gehört. Sonst war, so viel ich weiß, kein musikalisches Instrument im Schlosse, und außer den Klängen der Orgel, die nach den ersten Jahren des Aufenthalts aber auch verstummten, hat man Sang und Klang nie aus den immer totenstillen Räumen des Schlosses herausschallen hören. – Die Gräfin war, so viel erfuhr man, selbst der Köchin und dem Kammerdiener unsichtbar. Die Speisen wurden im Vorzimmer serviert und von hier durch den Grafen selbst in das Speisezimmer gebracht.

Der Graf wurde, als er sich in Eishausen niederließ, für einen Mann von ungefähr vierzig Jahren gehalten. In der ersten Zeit seines Aufenthalts zeigte er sich einige Male allein, oder auch in Begleitung der Dame auf einer Wiese in der Nähe des Schlosses; aber bald wurde seine Abschließung noch strenger.

Ich selbst habe den Mann einige Male gesehen, wenn er spazieren fuhr, und einmal in unmittelbarer Nähe. Dies letztere Begegnen ist mir unvergeßlich. Es war nämlich unter den Bauern des Dorfes allmählich stillschweigende Verabredung geworden, damit Geräusch in der Nähe des Schlosses soviel als möglich vermieden werde, daß die Kinder nicht dort spielten, daß niemand nach den Fenstern des Schlosses gaffe. Mir selbst war dieses Verbot durch meinen Vater eingeschärft. Wie geheiligt es uns war, mag eine Anekdote beweisen. Ein vierjähriger Knabe war bei meinem Vater, seinem Oheim, zum Besuch; in der Nacht wacht er zufällig auf – es war zwischen 3 und 4 Uhr; seine Begleiterin wird auch munter, sieht sich durchs Fenster den nächtlichen Himmel an, sieht auch nach dem ziemlich entfernten Schlosse hin und sagt: »Nun, sieh nur einmal, der Graf hat schon Licht in seinem Zimmer.« – »Du, du,« ruft der Knabe erschrocken, »weißt du nicht, daß es der Onkel verboten hat, es soll niemand dem Grafen an die Fenster sehen.« – Ich war damals schon elf oder zwölf Jahre alt, aber nicht viel minder ängstlich. Einmal jedoch rannte ich im Spiel vor mich hin bis in die Nähe des Schlosses. Plötzlich auf einem schmalen Stege, der aus der Nähe des Schlosses über einen Bach führte, sehe ich den Geheimnisvollen, der auf eben dieser Brücke mit raschen Schritten mir entgegenkommt. Ein Knabe vom Riesengebirge, der urplötzlich die Gestalt Rübezahl's neben sich erblickt, kann nicht mehr erschrecken, als ich bei dem Anblicke des Unbekannten; noch sehe ich ihn im grauen Filzhute, langem dunklen Oberrocke, weißen Strümpfen – sein kräftiges, scharfgezeichnetes Gesicht, die frische, dunkle Farbe, beschattet von rabenschwarzem Haar und starkem Backenbart, die blitzenden Augen, den entschiedenen raschen Gang. Ich drückte mich an das Geländer des Stegs, zog schüchtern meine Mütze und stand unbeweglich. Der Graf ging, ohne mich anzusehen, vorüber, kehrte aber, wie im Zorn, rasch wieder um, und ehe ich noch von meinem Platze losgekommen war, ging er wieder zurück an mir vorüber und verschwand im Schloß. Der Magd des Pfarrers begegnete er, als sie eben einen schweren Sack mit Getreide in die Mühle trug, auf demselben Steg; das erschrockene Mädchen wollte eilig umkehren; doch er rief: »Ihr habt schwer, ich will warten, bis ihr herüber seid.«

Der brave Chirurg Bochmann, der alte Schulze Schlund, der Schreiner Christ, den er besonders liebte, und zwei bis drei andere Handwerker sind die einzigen Männer des Dorfes gewesen, welche bei einzelnen Gelegenheiten Zutritt ins Schloß erhalten und dabei den Grafen gesprochen haben. Diese rühmten seine Vornehmheit eben so, wie seine Freundlichkeit und bewunderten die erstaunliche Macht seiner fließenden Rede. Außer diesen sprach der Graf einige Male die Frau des Kammergutspachters Kaiser, welcher in seiner unmittelbaren Nähe wohnte; er sagte später in Erinnerung an sie und an die manchen Verdrießlichkeiten, die er mit dem Manne der Frau gehabt hatte: »überhaupt bin ich immer mit den deutschen Frauen leichter in Einklang gekommen, als mit den deutschen Männern.«

Einen Gast hat das Schloß nie aufgenommen, obschon der Graf, wie er selbst später sagte, Verwandte hatte, welche reisten.

Die Lebensweise der Unbekannten zeigte, so weit sie der Beobachtung zugänglich war, die feinste Vornehmheit. Der gräflichen Küche wurden die besten Ergebnisse der Jagd und des Fischfanges geliefert; das feine Backwerk mußte die Köchin selbst bereiten. Auf Ostern wurde bis zum Tode der Dame regelmäßig ein Osterlamm gegessen. Der Graf trank seine Liqueure, nur teure französische Weine (vor allen *Haut Sauterne*), Porter und manches seltene Getränk, und im gräflichen Keller war so starker Umsatz, daß die Dienerschaft des Grafen mit den leeren Bouteillen in der Umgegend einen einträglichen Handel treiben konnte. – Die Garderobe für Herr und Dame kam stets von Frankfurt, und die Moden, welche die Damen auf den Pariser Boulevards entfalteten, konnten wenige Wochen später, über den hohen Bretterzaun hinüber, die Weidenbäume im einsamen, düster beschatteten Garten zu Eishausen an der unbekannten Gräfin bewundern. Der Graf trug stets Schuhe, weißseidene Strümpfe und ein und dasselbe Paar nie länger als vierzehn Tage. Alles deutete auf eine Gewohnheit zu fast übertriebener Reinlichkeit und diese, wie manches andere, auf holländischen Ursprüch. Sein Dienstmädchen, an deren Bruder er freundlichen Anteil nahm, wies ihm einst einen Brief, den dieser aus der Fremde geschrieben; der Graf las den Brief, aber ohne ihn zu berühren; das Mädchen mußte ihn in der Hand halten. Niemals las er eine Zeitung, die schon eine andere Hand berührt hatte; Papier, Briefe und dergleichen, die nach Taback rochen, ekelten ihn an. Bei einer Klage über Unreinlichkeit that er die Äußerung: »in meinem Schlosse daheim, auf den großen Marmortreppen, die zum Eingang führen, durfte nie ein Stäubchen liegen, und hier finde ich selbst im Zimmer Staub.«

Das Geld, das dem Grafen zuging, kam gewöhnlich über Frankfurt; er erhielt es durch jenen Geschäftsführer, den er in Hildburghausen hatte; ich schlage seinen Aufwand auf achttausend bis neuntausend Gulden jährlich an. Die Post behauptete früher, daß sie jährlich zwölftausend Fl. ins Schloß befördere. Nach den spätern Ermittelungen des Gerichts sollen die Jahreseinkünfte des Grafen siebentausend Fl. betragen haben. Daß ihm aber weit größere Hilfsmittel augenblicklich zu Gebote standen, bewies er bei einigen Gelegenheiten. Die Quelle, aus der seine Geldmittel flossen, hat man nie erkunden können. Es ist übrigens deutlich, daß diese Einkünfte des Grafen, so außerordentlich sie auch im Verhältnis zu seiner Eingezogenheit und zu den dörflichen Umgebungen erschienen, nicht zugereicht haben würden, den Luxus eines vornehmen Hauses in einer großen Stadt zu befriedigen. Und wenn ich dabei an die Art denke, wie der Graf, zwar allerdings nie eine Spur von Geldprahlerei zeigte, aber doch oft sehr deutlich merken ließ, daß Reichtum ihm etwas ganz gewöhnliches und kleinbürgerliche Verhältnisse ihm ganz unbekannt seien, so möchte ich fast auf die Vermutung kommen, dies sichtliche Hervortreten des Bewußtseins der Wohlhabenheit habe seinen Grund eben darin gehabt, daß der Mann zu einer früheren Zeit *nicht* in gleicher Wohlhabenheit gelebt hatte.

Ich habe oben ein Beispiel erzählt, wie der Unbekannte Geld opferte, um nicht geldgierig zu erscheinen; von der Art seines Geldgebrauchs lassen sich noch andere, sehr bezeichnende Züge anführen. Er beauftragte einst seinen Geschäftsträger, eine kostbare Tischuhr aus Paris bis zu einem bestimmten Tage kommen zu lassen. Die Uhr langt einen Tag zu spät an und der Graf sendet sie zornig dem Geschäftsführer zurück, legt aber den Kostenbetrag bei. – Er wünscht einen Garten (den oben erwähnten) von der herzoglichen Kammer zu mieten. »Weils der Graf ist, sagt der herzogliche Kommissar, kann man schon zwanzig Fl. Pacht fodern.« (Niemand hätte mehr als zehn Fl. bezahlt). Der Graf läßt zurücksagen, der vorige Kammergutspächter habe vierzig Fl. Pacht von ihm gefodert und erhalten; es würde ihn in Verlegenheit setzen, wenn die herzogliche Kammer weniger nehmen wolle.

Er haßte die Bettelei. Wenn ich einen einzigen französischen Gendarmen hier hätte, entfuhr ihm einmal, so wollte ich die ganze Umgegend von Bettlern säubern. Die Köchin erhielt zwar täglich vierundzwanzig bis sechsunddreißig Kreuzer, um damit die Bettler, die ans Fenster kamen, zu befriedigen; er gab aber mit Widerwillen, wenn er gebeten wurde. Desto großartiger übte er freiwillige Wohlthätigkeit. Wo er von Notleidenden hörte – und er besaß die Kunst, bei aller seiner Abgeschiedenheit Not und Armut in näherer und weiterer Entfernung zu erkunden – da half er, und wo er einmal Not gefunden, da war sein Gedächtnis treu für deren fortwährende Unterstützung. Die Armen Eishausens erhielten ein bestimmtes monatliches Almosen und daneben verteilte er noch weit reichere Geschenke; an Feiertagen erhielten die Armen Fleisch, Reis und Weißbrot. Aber das Bedürfnis durfte nicht *betteln* bei ihm; er mußte unter der Hand davon in Kenntnis gesetzt werden; »nur die freiwillige Gabe hat Wert,« schrieb er später einmal.

In Hildburghausen war kein wohlthätiges Institut, das nicht den Grafen zu seinen ausdauerndsten und freigebigsten Unterstützern gezählt hätte. Als bei einer solchen Gabe der Vorsteher der Industrieschule in Verlegenheit war, auf welchen Namen er den Empfang des Geldes bescheinigen sollte, sagte die damalige Beschützerin der Schule, die Erbprinzessin Amalie, mit glücklichem Takte: »Schreiben Sie: von einem Manne der unserm Lande nur durch seine Wohlthaten bekannt ist.« Dieser Ausdruck wurde von da an stehend, und es verging selten ein Monat in dem nicht unter diesem Titel reiche Gaben (wohl keine unter einem Louisdor) für wohlthätige Anstalten im Hildburghauser Regierungsblatt bescheinigt wurden.

Er nahm höchst ungern Gefälligkeiten an. die er nicht reichlich vergelten konnte. Aber er war auch sehr zart im Geben. Hatte er Dienste angenommen, die von persönlicher Freundschaft für ihn zeugten, so vermied er selbst den Schein, als ob er sie mit Geschenken belohnen wolle.

Seine Wohlthätigkeit schien natürliches Ergebnis der Menschenfreundlichkeit. Einst war sein heftiges Temperament durch eine Unbilligkeit des Kammergutspächters aufs äußerste gereizt; da hörte er, daß das einzige Kind des Pächters gefährlich erkrankt sei. Sogleich sendet er Erquickungen ins Krankenhaus und läßt sich zu jedem Dienst bereit erklären.

Unter den Kindern des Dorfes suchte er sich (mit dem Fernrohr) Lieblinge aus, und einige von diesen wurden zu Weihnachten ins Schloß gerufen, um Geschenke aus des Grafen Hand zu erhalten. – Eine besondere Zuneigung hatte er zu dem braven Schreiner Christ gefaßt; er hatte den Geburtstag des Mannes erfahren und versäumte nie, ihn mit einem Kuchen und andern Geschenken zu begrüßen. Wenn der Schreiner Arbeit ins Schloß lieferte, ließ ihn der Graf gewöhnlich vor sich kommen, und er unterhielt sich mit ihm gern, auch dann noch, als der alte Mann sehr harthörig geworden war. Aber auch Christ vermochte nicht die entfernteste Notiz über das Geheimnis des Grafen zu geben.

Im Winter fütterte er die Sperlinge auf seinem Blumenbrette. Tierquälerei empörte ihn; so weit sein Fernrohr reichte, durfte kein Bauernjunge es wagen, ein Vogelnest auszunehmen. Noch lange bedauerte er den Tod eines alten Pfauen, den er besessen hatte.

Er zeigte entschiedenen Abscheu gegen alle Lüge und jede Unrechtlichkeit, und konnte solche nie verzeihen.

Obgleich sein Wesen genug Andeutungen dafür giebt, daß er nicht eben Sonderling war, und am allerwenigsten mit einer Art Spleen kokettieren wollte, so will ich doch auch solche Züge nicht vorenthalten, die, isoliert beurteilt, für Bizarrerien gehalten werden könnten. – Einem Dorfjungen (Bergner) setzte er gleich im Anfang seines Aufenthaltes in Eishausen ein monatliches Geschenk von vierundzwanzig Kr. aus, bloß aus dem Grunde, weil er bemerkt hatte, daß der Knabe es vermied, an die Fenster des Schlosses zu sehen. Die Kammergutspächterin (Kaiser) geht einst in höchst verdrießlicher Laune nach Hause; auf der Brücke begegnet ihr das eine Kind der gräflichen Köchin mit seiner Amme; in ihrem Ärger geht sie vorüber, ohne sich umzusehen und ohne zu grüßen. Kaum ist sie zu Hause angekommen, so schickt der Graf, der sie vom Fenster aus beobachtet hat, zwei Bouteillen Wein für die Frau Pächterin.

Der Graf und die Dame zeigten sich fast nie am Fenster, und die Beobachtungen, die vom Schlosse aus angestellt wurden, müssen mit dem Tubus hinter den Fenstervorhängen gemacht worden sein.

Ruhestörungen in der Nähe des Schlosses, besonders zur Nachtzeit, konnten den Grafen in den heftigsten Zorn versetzen, und es ist anzunehmen, daß dieser Zorn seinen Grund nur in der Teilnahme für seine Gefährtin hatte; denn der Graf selbst schien eine Natur, die auch unter etwas Kanonendonner weder Gemütsruhe, noch ruhigen Schlaf verlor. Kein Nachtwächter durfte sich in der Nähe des Schlosses hören lassen. Als ein auf das herzogliche Domainengut neu angezogener Pächter verlangte, der Nachtwächter solle, wenn er um das einsame Schloß und die Gutsgebäude die nächtliche Runde mache, wenigstens an das Fenster des Pächters anklopfen, um ein Zeichen seines Daseins zu geben, so gab dies zu großen Mißhelligkeiten Veranlassung, und der Graf setzte endlich durch, daß auch das Anklopfen unterblieb.

In der Nachbarschaft des Schlosses wohnte ein Tagelöhner, der sich einen Hund hielt. Dem Hunde gefiel es, die ganze Nacht hindurch den Mond und die Sterne anzubellen, und der glückliche Schlaf der Tagelöhnerfamilie wurde dadurch nicht im mindesten gestört. Desto mehr aber litt die Ruhe im Schlosse. Der Graf, in der höchsten Verstimmung, bat den Pfarrer heftig um Abstellung dieses Unfugs. Der Pfarrer riet, den Hund zu kaufen; er sei für vierundzwanzig Kreuzer feil. Der Graf wies den Vorschlag zurück – »die Polizei solle die Nachtruhe schützen, das verlange er.« Endlich bewog der Pfarrer den Tagelöhner, daß er den Hund des Nachts einsperrte. Am Morgen nach der ersten stillen Nacht schickte der Graf dem armen Mann einen Kronthaler. Alle Familien in der Nähe des Schlosses genossen in Zukunft die Freigebigkeit des Grafen, und niemals hat wieder ein Hund in der Nähe des Schlosses gebellt.

In einer Neujahrsnacht machte sich die Lust der Bauerbursche in unendlichen Freudenschüssen Luft. Der Tumult dauerte die Nacht hindurch bis zum anbrechenden Morgen. Nachts um 2 Uhr wird der Pfarrer geweckt; die Köchin, die einzige Person, welche der Graf im Schlosse hat, sie, die seit vier Jahren nicht über die Schwelle des Schlosses gekommen war, hatte sich in der Nacht über den steinigen Weg nach dem Pfarrhause geschleppt; – »der gnädige Herr,«

meldete sie, »sei außer sich über das Schießen im Dorfe; er lasse dringend bitten, Ruhe zu schaffen!« Das war schwierig, und, soviel auch der Pfarrer in Gemeinschaft mit dem Schulzen noch in der Nacht sich anstrengte, nur sehr unvollkommen zu erreichen. Am nächsten Morgen schickte der Graf dem Geistlichen fünfundzwanzig Gulden; diese möge er aufbewahren und dann unter die Armen des Dorfes verteilen, wenn die Bauern für ihr nächtliches Schießen zur verdienten Strafe gezogen würden. Zugleich ging eine Beschwerde des Grafen durch dessen Geschäftsführer an das Amt in Hildburghausen. Dieses nahm die Sache sehr streng. Acht bis zwölf Bauerburschen, welche die Untersuchung ermittelte, wurden ins Gefängnis nach Hildburghausen gesetzt und nebenbei in die Kosten verurteilt. Am Tage der Abführung erhielt der Geistliche noch fünfundzwanzig Gulden rhein.; die Deponierten solle er unter die Armen des Dorfes verteilen, die letztern an die Armenkasse in Hildburghausen abgeben.

Für die nächste Neujahrsnacht wurden energische Maßregeln ergriffen. Zwei Landjäger mit einem Militärkommando wurden nach Eishausen gesendet; des Nachmittags war ein Regierungsbeamter, der jetzige Staatsrat F., angelangt und hatte zwölf der angesehensten Bauern verpflichtet, die Wache mit zu übernehmen und für die Ruhe einzustehen. Es war eine rabenschwarze Nacht und es hatte geglatteist. Alle Gassen und Plätze des Dorfes waren mit Wachen besetzt; es blieb lautlose Stille – bis 12 Uhr. Mit dem ersten Schlag der Mitternacht aber fielen vier bis sechs stark geladene Schüsse; sie waren teils auf die Fenster des Pfarrhauses, teils auf die des Schlosses gerichtet, und im Augenblick knallte es an allen Ecken des Dorfes hinter Hecken und Scheunen hervor. Die wachthabenden Bauern stellten sich an, als ob sie mit grimmigem Eifer auf die Verfolgung der Schützen gingen, hatten aber gewöhnlich das Unglück, auf dem Glatteise hinzufallen, wenn sie einem derselben nahekamen; die Polizeimannschaft und die Soldaten, mit den Schlupfwinkeln des Dorfes unbekannt, rannten ratlos und vielfach von den Bauern selbst irregeführt hin und her. Es war ein heilloser Spektakel, fast ärger, als im Jahre vorher; nur daß er listiger getrieben wurde. Keiner der Schützen wurde erwischt.

Noch in zwei oder drei Neujahrsnächten wiederholte sich derselbe Auftritt. Jedesmal wurde Polizei und Militärkommando nach

Eishausen gelegt und aus den Bauern des Dorfes selbst eine Schutzmannschaft auserlesen und jedesmal derselbe Erfolg – derselbe Unfug, dieselbe schreckliche Alteration im Schlosse. Die trotzigen Burschen in Eishausen hatten sich, da sie selbst ihre Mädchen nicht mehr »anschießen« sollten, gute Freunde von den naheliegenden Dörfern bestellt, um für sie zu schießen.

Endlich, in einem der nächsten Jahre fand der Pfarrer die Bannformel für die unbändigen Schützen; er hielt den Bauern die Wohlthaten vor, die der Graf dem Dorfe erzeige, führte ihnen zu Gemüte, welche Qualen aller Vermutung nach die Gräfin unter einem solchen Tumulte leide, bat die Burschen, daß sie das Dorf auch vor dem Eindringen fremder Schützen von den benachbarten Dörfern schützen möchten, und verbürgte sich, daß kein Soldat und keine Polizeimannschaft das Dorf betreten solle. Das half. Die Neujahrsnacht ging ruhig vorüber. – Am Neujahrsmorgen sendete der Graf dem Pfarrer volle Kasse; er solle in den nächsten Tagen sämtlichen jungen Burschen und Männern einen fröhlichen Schmaus geben. Nun war der Friede gestiftet. Die Eishäuser Burschen versagten mit schwerer Selbstüberwindung sich und ihren Mädchen die Lust des Neujahrsschießens, und jedes Jahr erhielten sie vom Grafen ihren »Trunk« und eine beträchtliche Beisteuer zur Kirchweihfeier. Kein Schuß fiel mehr.

6. Die Korrespondenz des Grafen mit der Herzogin Charlotte und mit dem Geistlichen des Dorfes. Politische Ansichten, wissenschaftliches Leben.

Nur mit drei Personen in der Umgegend ist der Graf in schriftlichen Verkehr getreten. Die erste Annäherung dieser Art fand mit der damaligen Herzogin Charlotte von Hildburghausen statt, ganz im Anfange des Aufenthalts des Grafen in Eishausen. Diese geistreiche und hochgesinnte Fürstin interessierte sich lebhaft für die Unbekannten. Ein Wunsch des Grafen in Bezug auf die von ihm gemieteten Lokalitäten des Eishäuser Schlosses kam durch den Geistlichen, den frühern Lehrer der herzoglichen Prinzessinnen, zu den Ohren der Fürstin. Diese benutzte die Gelegenheit, um in einem kurzen, artigen französischen Handbillet dem Grafen zu sagen, daß sie sich freue, ihm die Erfüllung seines Wunsches von seiten des Herzogs zusagen und dabei einen Dank aussprechen zu können, für die Wohlthaten, die er im Lande verbreite. Dieser Brief setzte den Grafen in heftige Aufregung; doch die Höflichkeit nötigte ihn zu einer Antwort. Er schrieb einen französischen Brief, ein Muster von Artigkeit, reiche Gedanken in wenige Zeilen gefaßt, aber so, daß auch kein Häkchen aufzufinden war, an das sich eine Antwort hätte anknüpfen lassen. Er hoffe, so schrieb er, später noch das Glück zu haben, ihrer Hoheit sich persönlich nähern zu dürfen. Die Handschrift war wunderschön, aber, wie sich später ergab, nicht die des Grafen. Die Unterschrift war unleserlich. Dies ist die einzige Berührung, in welche der Unbekannte mit dem herzoglichen Hause trat, und alles, was von einer vertraulichen Mitteilung des Grafen an den Herzog oder die Herzogin erzählt und seiner Zeit selbst in einem, angeblich von einem Vertrauten des Grafen herrührenden Artikel der Allgemeinen Zeitung behauptet worden, ist unwahr, oder beschränkt sich auf das eben Mitgeteilte. Längere Zeit nach dem Tode der Herzogin richtete die Erbprinzessin von Hildburghausen mit einigen schriftlichen Worten an den Grafen die Bitte um einen Beitrag zum Ankauf eines Hauses für die Industrieschule. Eine Stunde nach Empfang des Briefes erhielt der Pfarrer zehn Louisdor zu dem bezeichneten Zwecke, mit der Bitte, den Grafen bei ihrer Hoheit zu entschuldigen. Unwohlsein halte ihn vom Schreiben ab.

Es mag übrigens gleich hier erwähnt sein, daß die herzogliche Familie mit zartester Schonung die Zurückgezogenheit des Unbekannten ehrte. Nicht selten besuchten Glieder des herzoglichen Hauses das Pfarrhaus in Eishausen; sie gingen auch wohl in und bei dem Dorfe spazieren; aber niemals traten sie in die Umgebung des geheimnisvollen Schlosses.

Mit dem oben erwähnten Geistlichen des Dorfes stand der Graf in einem langjährigen, höchst merkwürdigen und seltsamen schriftlichen Verkehr, über dessen Entstehen und Verlauf ich hier einiges Nähere beibringen muß. Der Graf hatte dem Geistlichen, als dieser (im Jahre 1812) seine Stelle in Eishausen antrat, einige politische Zeitungen zum Lesen anbieten lassen; es waren deutsche und französische und zeitweise auch englische Blätter durchgehends legitimer Tendenz, welche der Graf las. Das Anerbieten wurde dankbar angenommen. Und von nun an fand der Pfarrer jeden Morgen beim Aufstehen eine sorgfältig couvertierte Zeitung vor, die gewöhnlich vor dem Öffnen des Hauses durch eine Spalte unter der Hausthüre eingeschoben worden war. Bald ließ der Graf, der sich – es war gerade in den verhängnisvollen Jahren des Befreiungskrieges – aufs Lebhafteste für die Politik interessierte, dem Pfarrer einzelne Bemerkungen über Zeitungsartikel mündlich (durch die »Bötin«) mitteilen, und sein tiefer politischer Blick und seine umfassende und eindringliche Kenntnis der politischen Verhältnisse äußerte sich hier in erstaunenswerter Sagacität. Bald wünschte der Graf auch Bücher aus der Bibliothek, oder durch Vermittlung des Pfarrers. Nach vergeblichen Versuchen, durch den Mund der Bötin über zum Teil lateinische oder französische Titel sich zu verständigen, sah sich der Graf genötigt, den Titel des fraglichen Buches auf ein Blättchen zu schreiben. Aber nicht *ein* solcher Titel durfte in der Hand des Geistlichen bleiben; die Bötin, die ihn – immer mit weißen Glacéhandschuhen – überreichte, hatte gemessenen Befehl, ihn stehenden Fußes wieder zurückzubringen.

Bald wurden indes auf solchen Blättchen auch einzelne Bemerkungen des Grafen an den Geistlichen gebracht und allmählich ging dieser Verkehr in eine ununterbrochene Korrespondenz über, in welcher ein fast *täglicher* Ideenaustausch über Politik, Litteratur und Kunst, und in späteren Jahren selbst ein wahrhaft gemütlicher Verkehr sich fortgesponnen hat. Keine wichtige Erscheinung ging über den Markt des öffentlichen Lebens oder der Wissenschaft, ohne auch zwischen Schloß und Pfarrhaus in geheimnisvollen Briefen zu kursieren; kein freudiges oder trauriges Ereignis traf das Pfarrhaus, ohne daß der Geheimnisvolle im Schlosse es mit zarter Teilnahme begleitete; kein Familienfest wurde bei dem Pfarrherrn gefeiert, das nicht der Familien- und Namenlose erkundet und mitgefeiert hätte. Für das Leben des Geistlichen wurde die Korrespondenz, obschon mit bedeutenden Aufopferungen verbunden, doch ein reicher geistiger Gewinn, und dieser Gewinn wurde um so reiner genossen, als auch der Charakter des Grafen sich seinem Korrespondenten immer und stets in sehr achtungswertem Lichte darstellte.

Aber es ist eben so gewiß, als es fabelhaft klingt: *der Geistliche hat aus einer vierzehn- bis fünfzehnjährigen täglichen Korrespondenz auch nicht eine Zeile von der Hand des Unbekannten in seinen Händen behalten;* jeder Brief oder Zettel wurde sogleich, nachdem er gelesen war, von der Bötin wieder zurück an den Grafen gebracht. Auch trugen die Briefe *niemals* eine Namensunterschrift, niemals ein Datum. Der Graf schrieb stets mit lateinischen Lettern und wünschte, daß auch ihm so geschrieben werde. Seine Blätter waren gewöhnlich mit Oblaten couvertiert. Das Petschaft war ein karriertes, nur zweimal unter vielen hundert Fällen fand der Geistliche ein charakterisiertes Siegel. Dieses war auffallend. Obschon es nicht ganz ausgeprägt war, so glaubte doch der Geistliche mit Gewißheit drei Lilien im Felde zu entdecken.

Auch der Geistliche schrieb, wie der Graf, ohne Anrede, ohne Unterschrift, meist auf einzelne Blättchen. Zu einer Zeit wurde ihm ein ganzes Paket seiner Blätter zurückgegeben.

Niemals haben die beiden Männer sich gesprochen. Vierzehn Jahre lang, mit einer einzigen Unterbrechung, schreiben sie sich fast täglich, sie fassen ein Herz zu einander; ihr Verkehr wird Bedürfnis ihres Lebens; nicht selten entspinnt sich eine förmliche hitzige Disputation; die Bötin eilt mit Thesen und Antithesen sechs bis zehnmal an einem Vormittage zwischen dem Schlosse und dem Pfarrhause hin und her; aber selbst diese Korrespondenz geht nur durch die Bötin, die dazu 1½ Stunde weit von der Stadt herauskommen muß; ohne ihre Vermittlung kann der Pfarrer keine Nachricht ins Schloß gelangen lassen; er darf die Frau selbst nicht anreden, wenn sie auf ihrem Wege von der Stadt vor seinem Fenster vorübergeht;

er muß warten, bis der Graf von freien Stücken sie sendet; er darf die Aufträge, die ihm der Graf nach der Stadt giebt, nicht der gräflichen Bötin mitgeben, die täglich ins Pfarrhaus und in die Stadt kommt, sondern er muß neben der Bötin einen expressen Boten senden. Aus ihren Fenstern hätten die beiden Männer, wenn sie wollten, sich sehen und mit Hilfe eines Glases erkennen können; aber der Pfarrer hat sich zu hüten, daß er einmal nach dem Schlosse blickt. Wenn der Graf vor dem Fenster des Pfarrhauses vorüberfährt, biegt er sich aus dem Schlage und grüßt; wenn der Pfarrer zu Pferde, der Graf zu Wagen sich im Freien begegnen, so ziehen sie höflich voreinander den Hut. So begegnen sich die Männer, die vielleicht eben im Eifer ihrer Korrespondenz die Pferde auf sich haben warten lassen. Sie grüßen sich stumm und fremd und eilen nach Hause – um sich zu schreiben. Sie sprechen sich nie.

Der Graf schloß seinem Freunde seine Gedanken auf; er zeigte ihm seine äußere Persönlichkeit; was konnte er für Gefahr laufen, wenn er auch seine Stimme ihn hören ließ?

Als die Verbündeten siegreich in Frankreich einrückten, hatte der Graf dem Geistlichen wissen lassen: »Wenn Friede wird, so werde ich das Vergnügen Ihrer persönlichen Bekanntschaft suchen.« Aber der Friede wurde geschlossen, und die beiden Männer sprachen sich nie.

Und doch empfand der Graf selbst, wie sehr ihm die Brücke eines persönlichen Verkehrs fehlte. Er selbst schrieb an den Geistlichen: »Manches im Leben läßt sich bei weitem besser mündlich, als schriftlich behandeln; ja es bedarf sehr häufig erst eines durch persönliches Zusammensein zuwegegebrachten Berührungs- und Anknüpfungspunktes.« Die Unmöglichkeit einer mündlichen Verständigung erhöhte für den Geistlichen die Schwierigkeit der Korrespondenz mit einem Manne von reizbarem und leicht aufwallendem Temperamente, wie der Graf war. So sehr dieser die Opposition in der Theorie achtete und selbst liebte, so leicht empfindlich war er, wenn er Widerspruch gegen Willen, Bekämpfung seiner Gemütsstimmung erfuhr, oder Verletzung schonender Rücksichten, die er forderte, argwöhnte. Und so wurde die Korrespondenz manche Woche mit Diskussionen der Empfindlichkeit, wie sie sich in den Briefen eifersüchtiger Freunde nicht schöner finden können, vergeudet. Einmal als der Geistliche einen Mann, von dem sich der Graf hart beleidigt glaubt, mit Nachdruck verteidigt hatte, ging die Empfindlichkeit des Letzern so weit, daß er auf längere Zeit die Korrespondenz ganz abbrach und sie erst wieder anknüpfte, als seine Teilnahme für eine längere Krankheit des Geistlichen ihn zur Rückkehr trieb. »Rechnen Sie,« so schrieb er selbst später einmal, »zu meiner natürlichen Anlage meine gänzliche Entfernung von der Außenwelt, meine Erfahrungen, und Sie werden meine Reizbarkeit entschuldigen.«

Daß er übrigens von seinen Geheinmissen auch dem Geistlichen nichts vertraute, vielmehr, daß seine Korrespondenz mit der größten Vorsicht für die strenge Bewahrung dieses Geheimnisses geführt wurde, erhellt schon aus dem Vorstehenden. Über die Grenzen jener (man kann sagen mißtrauischen) Vorsicht ist der Graf auch nicht *einmal* hinausgegangen. Der Geistliche hätte die Briefe aller Welt vorlesen können, vom Geheimnis des Grafen hätten sie nichts verraten.

Der Inhalt der Korrespondenz war übrigens sehr verschieden. Neben der vorherrschenden Diskussion über Gegenstände der Politik, Wissenschaft und Kunst kamen Klagen über Bedrohung der Ruhe und Stille des Schlosses und Bitten um deren Abstellung; da wird hin und her geschrieben über Rüben, die auf dem Gutshofe verfaulen und die Luft des Schlosses verpesten; – über Tauben, die auf dem Schlosse sich eingenistet haben, über welche der Gutspächter sich unbillig beschwert haben soll; über Verletzungen, die der Graf dabei von der Domainenverwaltung erfahren haben will und welche ihn zu der Erklärung drängen, daß er Eishausen verlassen werde, wenn ihm nicht eine rücksichtsvollere Behandlung werde; – über die wachsende Vergnügungssucht der Bauern; über des Müllers schöne Tochter, die zum Kirmestanz gegangen und mit den wilden Burschen zu tanzen keinen Anstand genommen habe; – über die »Löwin des Dorfes,« die noch schönere Tochter deß Schulmeisters (und beide hatte der Graf natürlich nur durch sein Fernrohr beobachtet); – über andere Vorfälle des Dorfes; über Arme und deren zweckmäßigste Unterstützung u. s. w.

Die Korrespondenz des Grafen zeugte von umfassenden und gründlichen Kenntnissen, von einem scharfen Urteil überhaupt und von tiefer politischer Einsicht insbesondere, von einer lebendigen, selbst in der größten äußern Abgeschlossenheit nie rastenden, nie in vorgefaßten Meinungen erstarrenden Teilnahme an Wissenschaft, Kunst und Politik, von einem staunenswerten Gedächtnis, das sich namentlich in reichen und treffenden Citaten aus französischen, englischen italienischen, lateinischen und deutschen Schriftstellern äußerte.

Schon seine Wahl von Zeitschriften deutete auf eine überwiegend legitimstische und konservative Ansicht in der Politik. Er hatte bei mehreren Veranlassungen eine Sympathie für die Bourbons geäußert, die mehr als eine nur politische zu sein schien. Mit dem größten Interesse kam er wiederholt auf die Erwähnung und Beurteilung der französischein Revolution zurück. Mit Spannung verfolgte er die Verhandlungen in Frankreich über die Frage der Entschädigung für die Emigranten und war unwillig über den Vorschlag, diese Entschädigung auf den alten Hofadel zu beschränken. Das Schicksal Karls X. erkannte er zwar als eine politische Notwendigkeit, widmete ihm aber die schmerzlichste Teilnahme.

Für das russische Kaiserhaus zeigte er wiederholt die lebhafteste Sympathie und auch die russische Politik verteidigte er vielfach in seinen Korrespondenzen. Daß er den Kaiser Alexander persönlich gekannt und im Jahre 1805 von Frankfurt zu einer Zusammenkunft mit dem Kaiser nach Wien gerufen worden sei, erklärte er bei einer später zu erwähnenden Gelegenheit selbst.[4] Der Geistliche war einige Zeit zu der Annahme geneigt, daß der Graf ein Kurländer sei.

Bei Gelegenheit der Truppendurchzüge im Jahre 1814 oder 1815 war ein Russe als Deserteur in der Umgegend von Eishausen zurückgeblieben und hatte sich später als Knecht zu dem Kammergutspächter verdingt. Der Hof des Kammerguts lag unmittelbar vor dem Schlosse. Einst wird der Russe in diesem Hof von zwei andern Knechten gemißhandelt. Da reißt der Graf das Fenster auf, und (wie

---

[4] Hiernach ist die von einem sonst wohl unterrichteten Korrespondenten in der Allgemeinen Zeitung vom Jahre 1845 veröffentlichte Nachricht zu berichtigen, welche behauptet, der Graf sei zu der Zeit, als die Verbündeten am Rhein standen, zu einer Konferenz mit dem Kaiser Alexander nach Frankfurt eingeladen worden und sei dieser Einladung wirklich gefolgt. – So lange der Graf das Schloß zu Eishausen bewohnte, hat er es nie über Nacht verlassen.

die Knechte erzählten) mit der Pistole in der Hand, im höchsten Zorn, mit einer Flut von Worten (aber keinem einzigen Schimpfworte) droht er, denjenigen niederzuschießen, der noch eine Hand an den Russen lege. Die Knechte wichen erschrocken zurück. Der Russe erfuhr von nun an mehrfach die Gnade des Grafen. – Ob indes dieser Zug aus eine politische Sympathie deutet, oder nur die Empörung über eine Unmenschlichkeit überhaupt ausdrückte, muß dahingestellt bleiben.

Der Graf führte, so seltsam es auch klingt, ein rastlos thätiges Leben. Er legte sich früh zu Bette, stand aber täglich um 3 oder 4 Uhr auf. Man sagt, die Gräfin selbst, so lange sie gelebt, habe ihm jeden Morgen in seinem Zimmer den Kaffee bereitet. Wenn es die Witterung nur einigermaßen erlaubte, so ging er jeden Vormittag ins Freie – seit er nicht mehr Equipage hatte, in seinen Garten. Der Nachmittag war einem unausgesetzten Studium gewidmet; »nur eine Stunde des Tags,« schrieb er, »gönne ich mir, um bloß zu meinem Vergnügen zu lesen.« – Ich erinnere mich, daß er einmal seine tägliche Korrespondenz nach dem Pfarrhause aussetzte, »weil dringende Geschäfte seinen ganzen Tag in Anspruch genommen.«

Neben der Politik müssen ernstere Studien den Grafen beschäftigt haben. Nach den Büchern, die er lieh, läßt sich z. B. annehmen, das; er mehrere Jahre hintereinander Naturphilosophie (französische und deutsche) studierte und hierauf christliche Ketzer von den ältesten Zeiten an und christliche Kirchengeschichte überhaupt. Mit Vorliebe wendete er sich den älteren französischen Philosophen zu. Voltaire schätzte er sehr hoch. Er war, was man sagt, ziemlich bibelfest; doch in Sachen des Glaubens stand er mit Lessings Nathan auf einer Linie. Er las David Strauß mit großem Interesse. »Zur katholischen Religion erzogen,« so schrieb er einst, »wurden doch in meiner Jugend deren Grundpfeiler gerade so tief erschüttert, daß sie nie wieder fest standen.« – Er ging nie in die Kirche.

Französische, englische, deutsche, lateinische und griechische Klassiker scheint er in wohlgeordneten Studien durchlesen zu haben. »Können Sie eine Vorstellung davon haben,« sagte er in spätern Jahren, »welches Glück ich auch in meiner Einsamkeit genossen habe? Wo hätte ich sonst diesen stillen Frieden genossen, wo sonst die Muse gefunden, die Klassiker von vier Nationen der Reihe nach zwei- und dreimal zu lesen?« Er pflegte, wenn ihm in seiner Korrespondenz der ganz entsprechende deutsche Ausdruck zu fehlen schien, ihn durch parenthetische, lateinische, englische, französische oder italienische Ausdrücke zu erklären. – Auch für die neuere und neueste Litteratur interessierte er sich lebhaft; er verfolgte alle neuen Erscheinungen auf diesem Gebiete, las namentlich Politisches, Biographisches, Physikalisches, nie aber, so viel man weiß, bloße Unterhaltungsschriften, und auch die neueren philosophischen Systeme nach Kant und Schelling scheint er nur durch Relationen kennen gelernt zu haben. Wieland las er gern; Börne und Heine schätzte er, obgleich deren destruktive Richtung den politisch konservativen Grundsätzen des Grafen hätte verhaßt sein müssen. Die Briefe welche zwischen dem Schlosse und dem Pfarrhause hin- und hergingen, waren fortlaufende litterarische Konversationsblätter. So finden wir, wie eigentümliches Interesse oder die Tageslitteratur gerade den Stoff darboten, in dem Zeitraume *eines* Jahres die Korrespondenz über tierischen Magnetisinns, über Locke, Kant, Schelling, Schleiermacher, de Wette; spezielle Vorsehung, Unsterblichkeit, positive Religion, Stolbergs Übertritt, Reform des Universitätswesens, Ursprung der alten Ägypter, neben andern Tagesfragen sich verbreiten.

Meteorologie nannte der Graf sein Steckenpferd. Die Bauern richteten sich mit ihren Feldarbeiten nach den Wetterprophezeiungen, die sie durch Vermittelung des Kammerdieners, oder später des Pfarrers, aus dem Schlosse erhielten. – Medizinische Kenntnisse soll er in einem nicht unbedeutenden Umfange besessen und mit Hilfe einer kleinen Hausapotheke auch ausgeübt haben. Er konsultierte bis in die letzten Jahre seines Lebens nie einen Arzt, selbst nicht während einer sehr bedeutenden Krankheit im Jahre 1830, in der er selbst und seine Diener an seinem Wiederaufkommen zweifelten; doch soll er mehrere Male selbst Recepte geschrieben und in einer Apotheke zu Koburg haben machen lassen. Erst nach dem Tode der Gräfin und später wieder einmal, kurz vor seinem eigenen Tode, ließ er einen Arzt zu sich kommen.

Bis zu seinem Tode behielt er eine bewundernswerte Geistesfrische und Vielseitigkeit. Welch ein Geist mußte das sein, der in vierzigjähriger Abgeschiedenheit von den Menschen nie in Schlaffheit, Teilnahmlosigkeit, oder Einseitigkeit versank.

Man wird vielleicht meinen, der Graf sei Sonderling oder Misanthrop gewesen; aber dem letztern widersprechen diejenigen, mit denen er in nähere Berührung getreten ist, aufs Bestimmteste, und das erstere läßt sich kaum beweisen! (Daß es nicht das Motiv seines Einsiedlerlebens war, ergiebt sich von selbst.) Er soll sich nie trübsinnig oder lebensüberdrüssig gezeigt haben. Bei einer ganz objektiven Auffassungsweise zeigte er doch auch die Seite eines Gefühlsmenschen, und bei seiner heftigen Gemütsart blickte doch immer ein natürliches Wohlwollen durch. Ein köstlicher Humor war ihm eigen. Die ihm zunächst liegenden Begebenheiten und Familienverhältnisse des Dorfes, von denen er sich auf wunderbare Weise in Kenntnis zu setzen wußte, verstand er, ohne je zu ihnen herabgezogen zu werden, in den Mitteilungen an seinen Korrespondenten mit liebenswürdiger Laune aufzufassen, teils zu idealisieren, teils zu persiflieren. Witz und Satire liebte er.

Der Geistliche starb im Februar 1827 plötzlich in der Nacht. Am Morgen verkündigte das Geläute der Glocken der Gemeinde den Tod des Seelsorgers. Der Gras fragte nicht nach der Bedeutung des Geläutes; aber er befahl, ihm die Zimmer einzurichten, welche abgewendet vom Pfarrhause lagen. In diese begab er sich. Die Bötin brachte die Morgenzeitung uneröffnet aus dem Pfarrhause zurück. Der Graf fragte nicht, die Bötin sagte nicht, warum. Aber sie sah Thränen in seinen Augen. – Einige Jahre früher, meinte sie, habe sie den Grafen ebenso in Thränen getroffen; damals habe er gesagt, ein großer Fürst sei gestorben. Ob damit vielleicht der Herzog von Berry († 1825) oder der Kaiser Alexander († 1825) gemeint war, ließ sich nicht erraten; von letzterem schrieb der Graf einmal: »es war ein wahrhaft guter und liebenswürdiger Mann.«

Der Witwe des Pfarrers bezeigte er seine Teilnahme; aber, »mit dem Pfarrer sei das letzte Band mit der Welt für ihn gerissen,« ließ er sagen; – und er schien kein neues wieder anknüpfen zu wollen. Erst in späterer Zeit trat er auch mit der Witwe, die sich in Hildburghausen niederließ, in Korrespondenz und setzte diesen Verkehr in gleich geheimnisvoller Weise wie mit dem Verstorbenen, mit ihr bis zu seinem eigenen Tode fort. Viele seiner Wohlthaten gingen durch ihre Hand.

7. Die Gräfin.

Wenn der geneigte Leser, den ich für meine Darstellung zu interessieren vermochte, schon in dieser vieles höchst Wunderliche, Merkwürdige und Rätselhafte gefunden hat, so muß ich nun bemerken, daß ich mit dem Allen nichts gezeichnet habe, als die äußere, wahrscheinlich unwesentliche Umgebung des eigentlichen Geheimnisses, das im Schlosse zu Eishausen gelebt hat. Im Mittelpunkte dieses Geheimnisses steht die Gräfin. Es ist Zeit, daß ich über dieses geheimnisvolle, bis heute namenlose Weib die spärliche Auskunft gebe, welche sich hat erlangen lassen.

Die wenigen Personen, welche die Gräfin bei ihrer Ankunft in Hildburghausen und Eishausen, aber nur hinter dem Schleier gesehen haben, behaupten, daß sie damals fünfzehn, höchstens achtzehn Jahre alt gewesen sei. Einige Bauern erzählten mir mit Bewunderung von ihrer schlanken Figur, von ihrem zierlichen Gang, ihren lebendigen Bewegungen; sie behaupteten, wenn sie mit den Grafen – wie es in der allerersten Zeit ihres Aufenthalts einige Male geschah – auf der Wiese beim Schlosse spazieren gegangen sei, so habe man an allem gesehen, daß sie die Vornehme sei: der »gnädige Herr« habe ordentlich wie ihr Untergebener ausgesehen. – Es ist aus mehreren Gründen der bedeutungsvolle Schluß zu ziehen, dass der Takt des Volkes auch hier die Wahrheit fand. Gewiß ist wenigstens, daß diese Dame das eigentliche Geheimnis und somit das ganze Motiv des Einsiedlerlebens im Schlosse zu Eishausen gewesen ist. So wenige Personen hatten übrigens die Gräfin gesehen und so wenig ausreichend schien deren Beobachtung, daß noch sechs bis zehn Jahre nach dem ersten Auftreten der Unbekannten in Eishausen bei einem Teile des Publikums die Meinung feststand, das Gesicht der Dame sei durch einen Schweinerüssel entstellt. Es wurde erzählt und vielfach geglaubt, ein Friseur in Koburg, der vor der Ankunft der Unbekannten in Hildburghausen die verschleierte Gräfin einmal frisierte, habe sich, als der Schleier sich verschob, an dem Anblick dieses Rüssels entsetzt und könne dessen Dasein beschwören.

Das schöne Gesicht, das andere gesehen haben wollten, wurde daraus erklärt, daß die Dame eine Larve trage. Ich selbst habe die

Gräfin, obschon ich fünfzehn Jahre lang, teils ganz, teils in allen Ferien auf dem Dorfe lebte, überhaupt nur zweimal und nur einmal einigermaßen deutlich gesehen; dies Letztere geschah aus einiger Entfernung mittelst eines Glases. Es mag im Jahre 1818 gewesen sein. Die Gräfin stand am offnen Fenster und fütterte mit Backwerk eine Katze, die unter dem Fenster war. Sie erschien mir wunderschön; sie war brünett; ihre Züge waren ausnehmend fein; eine leise Schwermut schien nur eine ursprünglich lebensfrische Natur zu umhüllen; in dem Augenblicke, wo ich sie sah, lehnte sie in schöner Unbefangenheit im Fenster, den seinen Shawl halb zurückgeschlagen, wie ein Kind mit dem Tiere unten beschäftigt. Ich sehe noch, mit welcher Grazie die schöne Gräfin das Backwerk zerbröckelte und die Fingerspitzen am Taschentuche abwischte.

Sogleich in der ersten Zeit ihres Aufenthalts in Eishausen hatte die Pfarrerin in ganz unbefangener Weise dem Dienstmädchen, das Bestellungen aus dem Schlosse brachte, den schönsten Strauß, den der pfarrherrliche Garten hergab, mit unterthäniger Empfehlung an die »Frau Gräfin« zu bestellen gegeben. Das Dienstmädchen versicherte, der gnädige Herr müsse sich sehr gefreut haben, denn er sei, als sie ihm den Strauß gegeben, »wie närrisch in der Stube herumgesprungen.« Bald darauf aber mußte die Pfarrerin erfahren, daß das närrische Umherspringen des Grafen der Ausdruck des höchsten Zorns über das wohlgemeinte Geschenk gewesen war. Natürlich unterblieb das Blumensenden, – und die Existenz einer Dame des Schlosses wurde von nun an im Pfarrhause ignoriert.

Niemals hat der Graf gegen die, mit denen er verkehrte, auch nur irgend ein Wort fallen lassen, daß eine Dame bei ihm im Schlosse wohne. Vierzehn Jahre lang hat er mit dem Geistlichen des Orts in fast täglicher Korrespondenz gestanden. Beide Männer wurden so vertraut, als es nur immer unter gleichen Verhältnissen geschehen kann; aber gegen seinen Korrespondenten hat der Graf *niemals* auch nur mit einem Worte der Dame erwähnt, die bei ihm lebte. Nur in sehr einzelnen Fällen schien ein unbestimmtes »man« die Anwesenheit einer zweiten Person im Schlosse anzudeuten. So schrieb der Graf bei einer oben erwähnten Gelegenheit: »man hat, wegen der Unruhe in der Nähe des Schlosses, die Nacht schlaflos zugebracht und fühlt sich sehr angegriffen.«

Der Agent des Grafen, ein bejahrter Ratsherr, dem der Graf einiges Vertrauen schenkte und den er im Anfang seines Aufenthalts in Eishausen mitunter von Hildburghausen zu sich kommen ließ, wagte bei einem solchen Besuche im Schlosse die Äußerung: »man sei in Hildburghausen sehr neugierig, wer die Dame sei.« – »Ich halte es für gut,« erwiderte der Graf, »wenn Sie in Wahrheit sagen können, daß Sie es nicht wissen.« Damit klingelte er und befahl, den Wagen des Mannes vorzufahren.[5]

Es ist früher schon bemerkt worden, daß der hoch umfriedete und dicht umwachsene Grasgarten, dreißig bis vierzig Schritte vom Schlosse entfernt, der einzige Rest der Erde war, den die Unbekannten außerhalb des Schlosses betraten. Der Besuch dieses Gartens geschah sehr regelmäßig.

An jedem Morgen, in der schönen Jahreszeit, doch nie früher als die Bötin aus der Stadt ins Schloß gekommen war, begab sich der Graf in den Garten; hier ging er eine Stunde lang auf und ab, und kehrte dann ins Schloß zurück. Darauf trat die Bötin aus der Thüre des Schlosses und harrte, dieser den Rücken zugekehrt. Die Thüre wurde von innen aufgeschlossen, die Gräfin, tief verschleiert, trat heraus und die Bötin, ohne sich nach ihr umsehen zu dürfen, schritt ihr voraus, über den Steg hinüber an die Gartenthüre, schloß diese auf und stellte sich hinter die Thüre, die sie aufzog. Sobald sie merkte, daß die Gräfin hinter ihr in den Garten geschlüpft war, zog sie die Thüre wieder zu, verschloß sie und hielt Wache davor. Der Graf beobachtete vom Fenster aus die im Garten auf- und abgehende Dame. Wenn diese ins Schloß zurückkehren wollte, warf sie ihr Schnupftuch in die Höhe, und nun erhielt die Bötin vom Schlosse aus einen Wink, die Dame zurückzuführen. Dies geschah auf dieselbe Weise, wie das Begleiten nach dem Garten hin. Dreißig Jahre lang hat so die Frau Schmidt die Gräfin vom Schlosse zum Garten und von diesem zum Schlosse geführt, und niemals hat sie gesehen, wen sie geführt hat. Und diese Frau Schmidt war diejenige Person, welcher unter allen Menschen seiner Umgebung der Graf am meisten zu vertrauen schien. Man sagt zwar, die Schmidt sei im Innern

---

[5] Diese Anekdote schrieb der Graf selbst nach der Gräfin Tod der Witwe des Pfarrers und setzte hinzu: »es that mir leid, dem alten Manne so begegnen zu müssen.«

des Schlosses in die unmittelbare Nähe der Gräfin gekommen und habe sie selbst gesprochen. Doch muß ich das in Abrede stellen; Frau Schmidt selbst hat, so lange sie lebte, nie zugegeben, daß sie die Gräfin je gesehen habe.

Die früher erwähnte Köchin hat sechsundzwanzig Jahre in dem Schlosse gewohnt. In diesem ganzen Zeitraum, während eines Vierteljahrhunderts also, hat die Köchin (wie sie selbst versichert hat) die Gräfin nur *zweimal* gesehen. Das erste Mal hörte sie zur ungewöhnlichen Zeit die Klingel des Grafen und eilte in dessen Zimmer. Sie fand ihn im Bette liegend und bedeutend erkrankt; zu ihrem unaussprechlichen Erstaunen war die Gräfin gegenwärtig. »Köchin,« sagte der Graf, »wenn ich sterbe, so nehmen Sie sich dieser Dame an.« Damit winkte er ihr zum Abtreten. – Das zweite Mal, es war im Winter 1829 auf 30, wurde sie wieder gerufen und fand wieder in dem Zimmer des Grafen auch die Gräfin. »Der Herr« sagte diese, »ist plötzlich erkrankt; helfen Sie nur, ihm einen Trunk bereiten.« Die Dame schien aufgelöst in Thränen. Das Leben des Grafen scheint damals in großer Gefahr geschwebt zu haben. Die ersten Zeilen, die er nach seiner Wiederherstellung (mit Bleistift und noch mit zitternder Hand) an seine Korrespondentin schrieb, sagten: »Die Pflege, die ich habe, ist über alles Lob erhaben; die Teilnahme, die ich hier und in Hildburghausen fand, überraschte mich; es fiel mir wie Schuppen von den Augen.«

Außer jener Köchin hat, soviel ich habe erfahren können, die Gräfin bis zu ihrem Tode auch nicht ein menschliches Wesen gesprochen – also vom Jahre 1807 bis 1837 traf ihre Stimme keines Menschen Ohr, als das des Grafen.

Doch noch eine Ausnahme: ein Bauer hat einmal gehört, wie die Dame Katzen (diese liebte sie besonders) vom Fenster des Schlosses aus »Puß! Puß!« lockte. Dies ist, soviel ich weiß, im Hannöverschen, Westphälischen, Englischen und Holländischen der Lockruf für die Katze.

Ich werde später noch einige Notizen über die Dame beibringen können, fürchte aber sehr, daß alle zusammengenommen nicht hinreichend erscheinen, um im ganzen Bereiche der Möglichkeit eine einigermaßen genügende Erklärung des wunderbaren Geheimnisses, in das diese Dame gehüllt war, aufzufinden. Schon hier indes drängt sich die Vermutung auf, daß die Dame eine Gefangene gewesen sei. Aber welche Ursache ist denkbar, durch welche die Notwendigkeit einer solchen Gefangenschaft erklärt würde? Wo finden sich Spuren in dem Charakter des Grafen, die es zuließen, ihm die Eigenschaften eines Gefangenwärters beizulegen? Und hätte die Dame, wenn ihr das schreckliche Schicksal einer lebenslänglichen schuldlosen Gefangenschaft zugedacht war, in den dreißig Jahren ihrer Gefangenschaft nicht einmal die Möglichkeit der Befreiung gefunden? Auf ihren Gängen vom Schlosse zum Garten, obgleich dieser nur dreißig bis vierzig Schritte vom Schlosse entfernt war, wäre es ihr doch wohl einmal möglich gewesen, der Führerin, in deren Rücken sie ging, zu entfliehen und bei dem ersten besten Bauer, oder bei dem Pfarrer Rettung zu suchen. Vom Fenster aus, an dem man sie doch hin und wieder einmal gesehen hat, hätte sie um Hilfe rufen können, und noch leichter wäre ihr wohl bei ihrem frühern Aufenthalte in Hildburghausen eine Hilfe zur Hand gewesen. Wäre aber ihre Gefangenschaft freiwillig gewesen, hätte sie selbst für ihre Person eine Entdeckung zu fürchten gehabt, so hätte sie doch nichts, auch gar nichts gewagt, wenn sie mit Leuten des Dorfes, die ja doch mitunter sie erblickten, auch gesprochen hätte.

In welchen Beziehungen sie zum Grafen gestanden, ob sie ihm durch Verwandtschaft, Freundschaft oder Liebe verbunden war, – Niemand wußte es. Aber die Dame galt bis zu ihrem Tode für die Gemahlin des Grafen. Die Leute nannten sie nicht anders als die Gräfin, oder die gnädige Frau.

Ich will indes hier noch eine seltsame Bemerkung geben. Ein alter Chausseewärter, ein nüchterner, zuverlässiger Mann, der in jener früheren Zeit, wo der Graf noch eigene Pferde hatte, die Equipage der Schloßbewohner fast täglich an sich vorüberfahren sah, hat mir oft versichert, der Graf habe zwei Frauen bei sich im Schlosse, eine ältere und eine jüngere, und er sagte mit Bestimmtheit: »heute ist die Alte mit ihm ausgefahren,« oder: »heute hat die Junge bei ihm gesessen.« Ich muß übrigens hier ausdrücklich bemerken, daß damals die öffentliche Meinung nicht mit dem Verdachte eines Verbrechens um die verschlossenen Thüren des Schlosses herumspürte, sondern den wunderbaren Einsiedler für einen hochstehenden ehrenhaften Mann hielt und als Wohlthäter des Dorfes und der Umgegend verehrte, und daß der leise Faden des Argwohns, der sich durch das Leben dieses Mannes zieht, erst gegen das Ende des Verlaufs deutlicher in die Erscheinung trat und beachtet wurde.

8. Das Geheimnis des Grafen bedroht. Der Graf erhält das Ehrenbürgerrecht.

Es wird wahrscheinlich im Verlaufe der Erzählung dem Leser wiederholt die Frage sich aufgedrängt haben, wie es denn möglich gewesen sei, daß nie irgend ein Zufall den Schleier des Geheimnisses der Unbekannten gelüftet und daß selbst die Regierung nie Hand angelegt habe, diesen Schleier zu heben.

Ich will auf diese Frage mit der Erzählung einiger Fälle antworten, welche das Geheimnis des Grafen allerdings bedrohten, aber so wenig als irgend ein Zufall zur Enthüllung führten.

Zur Zeit der Truppendurchzüge in den Jahren 1812 und 1813 hatte der Graf einige Male Einquartierung in die untere Etage des Schlosses aufnehmen müssen, in welchem damals noch der herrschaftliche Verwalter wohnte. Keiner der Einquartierten hat den Grafen gesehen. – erst im Jahre 1814 oder 1815 wurde er von einem Soldatenbesuche bedroht. Damals nämlich, bei Gelegenheit der Durchzüge russischer Truppen, lag einst ein russischer Hauptmann, ein geborner Ostpreuße, ein finsterer, harter Mann, drei Tage lang im Pfarrhause im Quartier. Dieser erkundigte sich vielfach nach dem unbekannten Bewohner des Schlosses und verlangte endlich, ins Schloß geführt zu werden, oder daß man ihm wenigstens Gelegenheit gebe, den Unbekannten zu sehen; es sei möglich, daß er einen Bekannten in ihm wiederfinde, und er müsse darüber klar werden. Der Pfarrer hatte alle Mühe anzuwenden, um den Zudringlichen abzuhalten, und es gelang endlich nur dadurch, daß auf Einleitung des Pfarrers gerade an Nachmittage, wo der Sturm aufs Schloß versucht werden sollte, der Pfarrer H. vom benachbarten Stressenhausen erschien und den Hauptmann dringend zu einer Versammlung von Offizieren nach Stressenhausen einlud. Mit Widerstreben setzte der Mann sich zu Pferd, kam Abends etwas berauscht zurück und am andern Morgen mußten die Truppen aufbrechen.

Zweiundzwanzig Jahre später äußerte der Graf gegen den Arzt: »damals (bei den Truppendurchzügen) war ein Mann hier, der mein Geheimnis kannte und, wenn er mich gesehen hätte, mein

Schicksal entschieden haben würde.« Ob aber damit auf eine russische oder französische Einquartierung gedeutet war, ließ sich nicht bestimmen.

Weit ernstlicher wurde das Geheimnis des Grafen im Jahre 1826 bedroht. Nachdem im Herbste dieses Jahres in Folge der Gothaischen Erbteilung der herzogliche Hof von Hildburghausen seinen bisherigen Sitz verlassen hatte und das Herzogtum Hildburghausen an das S. Meiningsche Haus übergegangen war, forderte die neue Regierung zwar schonend, aber bestimmt, Legitimation des Unbekannten. Dieser erklärte, daß seine Papiere bereit lägen, daß er aber, wenn er gezwungen werden sollte, sie vorzulegen, sofort das Land verlassen werde, um in einem Winkel der Welt unbekannt zu leben. Man gab darauf dem Grafen an die Hand: der regierende Herzog sei bereit, die Legitimation des Grafen persönlich anzunehmen und werde das Geheimnis, das man ihm anvertraue, bewahren und die Verantwortlichkeit dafür persönlich übernehmen, *wenn* es zu verantworten sei. Aber auf diese Konnivenz ging der Graf nicht ein.

Nun blieb der Regierung nur die Wahl übrig, entweder ein seit fast zwanzig Jahren unbescholtenes und sich durch Wohlthaten für das Land äußerndes Leben als Legitimation anzunehmen, oder auf Herausgabe einer papiernen Legitimation zu dringen und dadurch dieses Leben selbst für das Land zu verlieren. Man entschied sich für das Erstere. Der Graf blieb ungestört im Besitze seines Geheimnisses. Es mag diese Nachsicht der Regierung den Herren von der Polizei und der Justiz und anderen, die am Ende einer Sache klüger sind, als beim Anfange, unbegreiflich und unverantwortlich erscheinen. Ich muß aber hier wiederholt auf die Umstände hinweisen, unter denen der Unbekannte zuerst in das Land trat, Umstände, die denselben eben so unverdächtig erscheinen ließen, als hundert andere Emigranten. Ich muß ferner darauf hinweisen, daß der Unbekannte den Entschluß eines bleibenden Aufenthalts nie erklärte, vielmehr lange zu verschleiern wußte, daß seine Ungefährlichkeit für das Land sich bald eben so sicher herausstellte, wie seine grandiose Wohlthätigkeit, und daß die neue Regierung billig Bedenken tragen mußte, bei ihrer Besitzergreifung des Landes sogleich einen Mann daraus zu vertreiben, der, nächst dem herzoglichen Hause, mit dessen Wegzuge eine Menge voll Nahrungsquellen versiegten, für die Umgegend von größtem materiellen Nutzen war und dabei in der öffentlichen Meinung den Ruf eines ehrenhaften Mannes behauptete. Wenn man dies erwägt, so wird man meine Versicherung begreifen, daß die Nachsicht der neuen Regierung den ungeteilten Beifall des Publikums erhielt, und daß der Argwohn, der sonst überall lauert, und die Neugierde, die das geheimnisvolle Instrument lieber zerschlagen, als seine Mechanik unerforscht lassen will, es auch in jener Zeit nicht wagte, an die verschlossenen Pforten des Eishauser Schlosses zu klopfen.

Einige Jahre später ging eine weitere Bedrohung der Ruhe des Grafen spurlos an demselben vorüber. Es war nämlich in einem berühmten Polizeibeamten eines Nachbarlandes der Verdacht aufgestiegen, daß das Geheimnis des rätselhaften Kaspar Hauser vielleicht in dem geheimnisvollen Schlosse zu Eishausen seinen Ursprung habe. Der Gedanke war sehr natürlich. So weit das Polizeiauge über die deutsche Erde hinsah, fand es alle menschlichen Wohnungen und deren Insassen bis zu den Tieren herab polizeilich registriert. Fünfzig Meilen weit im Umkreis von Nürnberg konnte jede Polizeibehörde dafür einstehen, daß in ihrem Kreise keine Kammer sei, in der ein Mensch achtzehn Jahre lang vor jedem menschlichen Auge hätte eingesperrt leben und verkümmern können. Und in jedem Dorfe – und von einem solchen schien doch K. Hauser gekommen zu sein – hätte eine solche Marterkammer selbst vor den Augen der Nachbarn nicht verheimlicht werden können. Das Schloß in Eishausen allein war, wie gewiß kein anderes Haus in Deutschland, für die Wissenschaft der Polizei unzugänglich. In seinen weiten Räumen konnte mehr als eine Kammer sein, von der aus nie eines Menschen Stimme hinaus an ein menschliches Ohr dringen konnte, und in das Schloß herein trat ja ohnedies nie ein unberufener Fuß. Noch gewichtiger war der Gedanke, daß gerade in diesem Schlosse das Leben eines Kindes, zu dessen Ursprung doch in dem Zusammenleben des Unbekannten mit der Dame eine sehr naheliegende Veranlassung gegeben war, lästig wie nirgends anderswo werden, ja die ganze Basis der Existenz der beiden Einsiedler, nämlich ihr Geheimnis, vernichten mußte. Aber so nahegelegt der Verdacht war, fand er doch keine Bestätigung. Der erwähnte Polizeibeamte führte zwar den Nürnberger Findling in der Stille nach Eishausen und in die Umgebung des Schlosses, um zu versuchen, ob der Anblick dieser Umgebung irgend eine Erinnerung in dem Unglücklichen erwecke; – aber er fand seine Erwartung getäuscht. Hauser erklärte, daß er diese Gegend nie gesehen habe.

Das Urteil der öffentlichen Meinung über das Verhalten, welches die Regierung im Herbste 1826 gegen den Grafen beobachtete, bekundete die Stadt Hildburghausen durch einen deutlich sprechenden Akt. Sie verlieh dem Grafen das Ehrenbürgerrecht der Stadt. Der Graf erwiderte die Freundlichkeit damit, daß er ein, in der Nähe der Stadt, dem Spital gegenüber gelegenes Haus, das eben jetzt, in Folge des Wegzugs des herzoglichen Hofs verlassen stand, kaufte. Das Haus, das mehrmals die Wohnung eines Geheimerats gewesen war, wurde von Innen und Außen neu und elegant hergerichtet und durchaus möbliert; zu dem am Hause befindlichen Garten wurde noch ein weit größerer Garten käuflich hinzugezogen; das Ganze wurde mit einer hohen dichten Bretterverzäunung umgeben; ein Hofraum mit hohen Verschlägen wurde hergestellt und nun wurde ein eleganter Wagen von Frankfurt verschrieben, vier Postpferde wurden von Hildburghausen bestellt und der Graf und die Gräfin fuhren, aus einem Umwege die Stadt vermeidend, nach ihrer neuen Besitzung und stiegen im verschlossenen Hofraume ab, um sich – einige Stunden in ihrem Garten aufzuhalten. Der Besuch wurde in jedem Sommer vier oder fünfmal wiederholt.

Auf diesen Fahrten haben einige Personen auch die Gräfin gesehen, selbst unverschleiert, aber mit einer grünen Brille versehen. Auf jenem Seitenwege (der Marienstraße), auf welchem die Unbekannten zu ihrem Landhause in Hildburghausen zu fahren pflegten, führte einst (im Jahre 1827 oder 1828) der Zufall die gräfliche Equipage gerade au einem Ort, wo sie langsam zu fahren genötigt war, einem Manne entgegen, der die Bourbonische Familie kannte. Dieser, der Geheimerat von B. in Meiningen, war betroffen, in dem Gesichte der Dame eine auffallende Ähnlichkeit mit der charakteristischen Gesichtsbildung der Bourbonischen Familie zu finden. Von einer gleichen Wahrnehmung der Ingelfinger war diesem Beobachter durchaus nichts bekannt. Auch scheint er seine eigene Wahrnehmung nur in vertrauten Kreisen mitgeteilt zu haben; wenigstens ist mir selbst dieselbe erst in neuester Zeit (aus dem Munde eines Enkels des Genannten) mitgeteilt worden.

Bald nach jenem ersten Hauskauf erwarb der Graf noch zwei Häuser in der Umgegend von Hildburghausen. Das eine war ein unbedeutendes, aber dem größern Hause des Grafen ziemlich nahe gelegenes Haus (in Walrabs), – es wurde zum Witwensitz der Frau »Schmidt« bestimmt. Das zweite war ein schönes Gartenhaus mit einem Bergarten; auch dieses hat er später der Familie Schmidt geschenkt. Im größern Gebäude wohnten die alten »Schmidts«, solange sie lebten, und nach ihrem Tode der eine Sohn und seine Frau. Dieser, obschon er täglich zum Dienste nach Eishausen ging, hat den Grafen in den letzten Jahren nie gesehen. Ob dies in Folge einer Abneigung gegen den Mann geschah, weiß ich nicht. Doch ist hier der passende Ort, eine Anekdote einzuschalten, die dem Unbefangenen sehr lächerlich, aber dein Argwohn von größter Bedeutung erscheinen dürfte.

Jener Schmidt nämlich hat mir bald nach dem Tode seines Vaters, in dessen Dienst bei dem Grafen er eingetreten war (wenn ich nicht irre im Jahre 1832), einmal zu verstehen gegeben: der gnädige Herr sei eifersüchtig auf ihn. Die Äußerung des jungen Menschen amüsierte mich damals sehr. Als er aber meine Ungläubigkeit bemerkte, rückte er weiter heraus: Bei einem der Besuche, die der Graf und die Gräfin in ihrer neuen Besitzung zu Hildburghausen gemacht, sei er, der junge Schmidt, in einem Winkel des Gartens beschäftigt gewesen, – allerdings ohne Vorwissen des Grafen, der wohl den Garten leer geglaubt hätte. Da sei aus einem Gange des Gartens heraus die Gräfin getreten, habe ihn erblickt und sei, wie es schien, anfangs erschrocken, bald aber mit hastigen Schritten auf ihn zugeeilt und habe fast atemlos gesagt: Lieber Schmidt, ich möchte Sie gern sprechen, ich ... In dem Augenblick aber sei der Graf aus dem Gange getreten, wie wütend herbeigerannt und habe die Gräfin am Arme fortgeführt. Er selbst (Schmidt) sei seit jenem Vorfall immer ferngehalten und der Garten sei ihm ganz verboten worden, als später die Gräfin einen zweiten Versuch gemacht habe, ihn zu sprechen. Der junge Mann erzählte mir diese Geschichte mit manchen Nebenumständen und mit der Selbstbefriedigung, die sehr natürlich in dein Bewußtsein lag, der heimliche Geliebte einer verwunschenen Gräfin zu sein. Ich selbst hielt damals die ganze Geschichte für das Ergebnis eines komischen Mißverständnisses: So arglos erschien mir das Leben der Geheimnisvollen, daß ich den Gedanken, ob nicht die

Unglückliche den jungen Menschen zu ihrer Rettung aus der Gefangenschaft habe anrufen wollen, nur als eine müssige Vermutung in mir aufkommen ließ.

Nach dem Tode des Geistlichen und vielleicht eben durch das Gefühl des Verlassenseins bewogen, hatte sich der Graf entschlossen, wieder eine männliche Person in das Schloß zu nehmen. Er nahm einen unverheirateten, nicht mehr jungen, braven und durchaus eingezogenen Mann. Dieser hatte um unbedeutenden Gehalt und mit unendlicher Mühe und Arbeit bei dem Kammergutspächter als Verwalter gedient. Jetzt erhielt er die doppelte Einnahme, Kost und Wohnung aufs Beste, und hatte keine andere Arbeit, als die, das Schloß und den Garten zu beaufsichtigen, und die Pflicht, aus dem Bereiche beider sich nicht viel zu entfernen. Nach einem halben Jahre aber erklärte der Mann, daß er ein solches Leben nicht aushalten könne, und verließ den Dienst des Grafen.

9. Tod der Gräfin.

Am meisten gefährdet erschien das Geheimnis des Grafen Im Jahre 1837. In diesem Jahre starb die Gräfin.

Im Herbste des Jahres hatte der Graf, in einem Briefe an seine langjährige Korrespondentin gegen die er noch *nie* eine Äußerung von der Anwesenheit einer Dame im Schlosse hatte fallen lassen, zum *erstenmal »seiner Lebensgefährtin«* erwähnt und zugleich mit Besorgnis von der Abnahme ihrer Kräfte gesprochen. Es sah aus wie eine Vorbereitung auf den Fall, der wenige Tage später eintrat und freilich das längere Ignorieren der Gräfin unmöglich machte. Am 25. November starb die Dame. Die Arme, seit ihrer Jugend aus der Welt Geschiedene, war ohne ärztliche Hilfe, von niemandem gepflegt, als von dem Gefährten ihrer Einsamkeit, aus dieser Welt geschieden. Keiner geringern Gewalt als der des Todes, war es gelungen, die seit dreißig Jahren verschlossenen Gemächer zu öffnen. Das erste Geleite, das die lebendig Begrabene wieder unter Menschen führte, war ihr Grabgeleite. Der Graf ließ die Dame in dem Berggarten begraben, den er in der Umgebung von Hildburghausen besaß, und in dem, wie er sagte, die Verstorbene einige Mal mit Freuden verweilt habe. Die Leiche wurde nach Mitternacht mit Fackeln von Eishausen abgeführt; die Diener des Grafen, mehrere Handwerker und Bauern vom Dorfe geleiteten, sie; eine Anzahl Neugieriger erwartete, trotz der tiefen Nacht, die Leiche an dem Begräbnisplatz; der Sarg wurde von der Dienerschaft geöffnet; der Graf selbst hatte es so befohlen; die Tote war in weißen Atlas gekleidet; Alle, die sie sahen, waren ergriffen von der rührenden Schönheit, die hier der Erde übergeben wurde.

Im Publikum aber kam bald die Sage in Umlauf, es sei eine Wachspuppe begraben worden und die Gräfin selbst sei nächtlicher Weise aus dem Schlosse geführt worden und von der nächsten Station aus mit Extrapost abgefahren.

Noch vor dem Begräbnis hatte die Geistlichkeit den Grafen um die Personalien seiner »verstorbenen Gemahlin« gebeten. Zu allgemeinem Erstaunen erwiderte der Graf: »*die Verstorbene war nicht meine Gemahlin; ich habe sie nie dafür ausgegeben!*« Und erst auf wiederholtes Andringen ließ er sich bereit finden, die Personalien der

Verstorbenen zu geben, gegen das Versprechen des Geistlichen, daß die Angabe bis zum Tode des Grafen verschwiegen gehalten werde. Später ergab sich, daß die ganze Mitteilung sich auf die Worte beschränkte: » *Sophia Botta, ledig, bürgerlichen Standes, aus Westphalen, achtundfünfzig Jahre alt.*«

Indessen hatte auch das herzogliche Kreisgericht eine Erklärung über die Verstorbene gefordert und war, als der Graf eine solche schlechthin verweigerte, sofort zur Versiegelung des Nachlasses der Verstorbenen geschritten. Die seit dreißig Jahren unzugängliche Gemächer, in denen solange das Geheimnis ungestört gelebt hatte, mußten dem Willen des Gerichts sich öffnen. Man fand, außer einer reichen Garderobe, gegen hundert neue Goldstücke, wie Spielwerk in verschiedenen Beutelchen in Winkeln herumliegend. Auch ein katholisches Gebetbuch fand man, aber keine Papiere. So nachsichtig bisher die Verwaltung gewesen war, so bestimmt forderte jetzt die Justiz, daß das Recht seinen ungestörten Gang gehe. Sie drang mit Entschiedenheit auf Mitteilung der Personalien der Verstorbenen; der Graf erklärte ebenso entschieden, daß keine Gewalt der Erde diese ihm entreißen werde. Durch diese Weigerung wurde die Verwickelung noch unangenehmer und das entschiedene Vorgehen des Gerichts noch nötiger. Der nächste Schritt, der nach dem Gesetze gefordert wurde, war der Erlaß eines öffentlichen Aufrufs an alle, welche Erbansprüche an den Nachlaß der unbekannten Dame im Schlosse zu Eishausen zu machen hätten. Aber auch diese Alternative, obschon sie den Grafen in die höchste Aufregung setzte, brach seinen Widerstand nicht. Ein wohlmeinender Mann, dessen Worten einiger Einfluß auf den regierenden Herzog von Meiningen zuzutrauen war, ließ durch die Korrespondentin des Grafen diesem seine Vermittlung anbieten. Aber der Graf antwortete: »Ich habe nichts in Meiningen zu erbitten ... Meine Maßregeln sind auf alle Fälle getroffen und können in der Folge durch nichts erschüttert werden. Herrn N. N. verbindliches Anerbieten darf und kann ich nunmehr nicht annehmen und für dasselbe nur meinen innigsten Dank sagen.«

Wirklich hatte der Graf seine Maßregeln getroffen; es war alles zu seiner Abreise aus dem Laude gerüstet. Ob auch bereits, wie damals erzählt wurde, die Regierung eines benachbarten Landes für die

Aufnahme des Auswanderers bereitwillige Konzessionen gemacht hatte, ist nicht erwiesen.

Doch es gelang noch einmal, zwischen den Forderungen der Justiz und den menschlichen Wünschen aller Teilnehmenden eine Vermittelung zu finden und so den Unbekannten den Rest seines Lebens in Frieden beendigen zu lassen. Der Graf hinterlegte den Schätzungswert des Nachlasses der Verstorbenen, im Betrag von eintaufendvierhundertsiebzig Fl., und diese Summe wurde » *bis auf weiteres*,« d. h. bis zum Tode des Grafen, gerichtlich deponiert. So sehr war man damals von der Schuldlosigkeit des Einsiedlerlebens überzeugt, daß die Milde eines wohlmeinenden Regenten und die Gewissenhaftigkeit einer umsichtigen Justiz mit diesem Auswege gleich einverstanden waren und daß er den ungeteilten Beifall der öffentlichen Meinung erhielt.

Der Schmerz und Sturm jener Tage scheint den greisen Mann im innersten erschüttert zu haben. Er, dessen Ruhe seit dreißig Jahren stets mit der zartesten Rücksicht geschont worden war, fühlte jetzt durch die Strenge des Gerichts sich aufs tiefste verletzt, und er ertrug diese Verletzung vielleicht nur, weil ein noch tieferer Schmerz die Oberhand behauptete. Es ist mir erlaubt, hier einen Brief des Grafen (wenige Tage nach dem Tode seiner Lebensgefährtin geschrieben) im Auszug zu geben.

»Meine Lage,« schrieb er, »wird immer unerträglicher; es ist keine getrennte Ehe; es ist mehr, es ist eine Zerreißung eines zusammengewachsenen Geschwisterpaares; das eine kann nicht ohne das andere fortleben. – Der Nachlaß wurde gestern mit unendlicher Mühe in einem Zimmer aufgehäuft. Sie können denken, daß viele wertvolle Stücke, besonders aus früheren Zeiten, – seidne Oberröcke, Shawls etc. wovon die meisten nie gebraucht, darunter sind. Es fanden sich in einem seidenen Beutelchen zwanzig Louisdor, in einer Schachtel zehn bis zwölf Dukaten und vielleicht ein paar Dutzend Kronthaler. Sie hat seit dreißig Jahren keinen Heller auszugeben Gelegenheit gehabt, zeichnete ihre Wäsche nur mit Bleistift auf, konnte auch an niemand schreiben, da sie keine Bekannten hatte ... Ich habe immer, wie mit religiöser Scheu, ihre vielen Kommoden betrachtet, nie sie berührt; ich wußte nicht, wie viel schöne, ihr *aufgedrungene* Sachen sie enthielten. Die Versiegelung ist still vor sich gegangen ... – – Ich habe mich dem Gesetz unterworfen. – Ich lege mich öfters des Tages nieder, doch vergeblich; die Gicht läßt meinem Körper so wenig Ruhe, als die mich umgebenden Gegenstände meinem Geiste. Das Haus ist wie verödet. – Hätte man nicht versiegelt, der ganze Nachlaß würde der Armenverwaltung überlassen worden sein, mit Ausnahme von einigen Dutzend Hemden und einigen Roben.«

Seine Dankbarkeit gegen diejenigen, welche sich damals bemühten, ihn vor einer weiteren gerichtlichen Verfolgung der Angelegenheit zu bewahren, trug den Ausdruck tiefer Empfindung. Noch ehe jene Bemühungen ein Resultat gewonnen – in jenen Tagen, da er noch mitten im ersten Schmerz über den Verlust seiner Lebensgefährtin sich rüstete, sein Asyl in Eishausen auf immer zu verlassen, schrieb er, mit der Bemerkung, daß es auf seine eigenen Empfindungen passe, folgendes Gedicht:[6]

Lebt wohl, ihr Räume, die mich lang geborgen.
Geliebtes treues Stübchen, lebe wohl!
Hier schwanden mir die bangen Erdensorgen,
Hier fühlt' ich mich so heimisch und so wohl.
Hier sah ich langsam meine Haare bleichen,
Mein greises Haupt sich hin zur Grube neigen.

Oft wandelt' ich nach jenen grünen Räumen,
Die treulich bergen unser letztes Haus,
Und suchte mir dort unter Blütenbäumen
Zu meinem Grab ein stilles Plätzchen aus.
Und vor mir lag im milden Abendscheine
Die Vaterstadt, mit der ich's redlich meine.

Es war ein Traum, er ist schon ausgegeben – –
So schön er war, so schnell löst er sich auf:
Ich muß hinaus in ein nur fremdes Leben,
So spät trifft mich des Schicksals harter Lauf;

---

[6] Abschied eines alten Dresdener Hospitaliten bei dem Umzüge nach Hubertusburg.

Gleich einem Baum, der Wurzeln tief geschlagen,
Werd' ich in fremden Boden fortgetragen.

Vor mancher Stelle bleib' ich zitternd stehen.
Das Auge still die bittre Zähre weint;
Es ist so schwer, vom Freunde wegzugehen
Der treu und redlich es mit uns gemeint;
Und traurig sinkt das müde Haupt mir nieder:
Lebt ewig wohl, wir sehn uns nimmer wieder.

Und alles, alles, was ich nur erblicke.
Erinnert mich an die vergangne Zeit;
Hier träumte ich von längst genossnem Glücke,
Dort von empfundnem schweren Herzeleid,
Und jeden Gang durch die belaubten Gassen
Hat die Erinn'rung mir zurückgelassen.

Und brächt' ich auch im freundlichsten Asyle
Die letzten Tage meines Lebens zu,
Das eine miss' ich immer und ich fühle.
Man bringt mich bald zur stillen Grabesruh.
Dann mag von mir ein schlichtes Kreuz euch sagen:
Ein tiefes Leid hat ihn ins Grab getragen.

Von nun all gab er seiner Korrespondentin hin und wieder noch Andeutungen über seine Lebensgefährtin. »Sie war eine arme Waise,« sagte er, »die alles, was sie besaß, mir verdankte, aber mir das tausendfach vergolten hat.« – »Meine Verbindung mit ihr hatte etwas Romantisches, einer Entführung Ähnliches.« »Ich war nie verheiratet.« – Selbst einen Brief, wie er sagte, von der Hand der Verstorbenen und an ihn gerichtet, aber ohne Namensunterschrift, teilte er mit. Der Brief war deutsch geschrieben, nicht ganz orthographisch, aber voll Gefühl der Liebe und Dankbarkeit gegen den Mann, »der aus großer Gefahr und Unglück sie errettete.« – »Ich weiß es,« schrieb sie, »daß du, geliebter Ludwig, um meinetwillen vieles hingabst, und nur mit meiner Liebe kann ich deine tausend Opfer vergelten.« – Auch der verstorbene Kammerdiener hatte einst gesagt: »Sie hat kein Vermögen, aber – sie ist die Herrin über alles.«

»Muß man denn ein Gut erst verlieren, um seinen ganzen Wert zu empfinden?« so schrieb der Graf in jener Zeit. »Ich möchte hinaus ins Freie, auf die Höhen der Berge; da nur, meine ich, könne mir leichter werden.« Körperliches Leiden und die Jahreszeit (Ende November) hinderten auch diesen Versuch. Er schrieb mit Wehmut davon, wie die beiden Lieblingskatzen der Verstorbnen, obgleich aufs sorgsamste gepflegt, dieser in wenig Tagen nachgestorben seien, wie der Hund des Pächters täglich zur gewohnten Stunde winselnd unter dem Fenster des Schlosses sitze, aber von keiner Hand Speise annehme, da die, welche sie ihm bisher gereicht, nicht erscheine. – Seine Wohlthätigkeit wurde noch reger. – »Schreiben Sie mir nur von dem Glücke anderer,« sagte er, »damit ich, des eignen entbehrend, daran mich erheitere.«

In jener Zeit, da das innerste Leben des Grafen durch den Tod des einzigen Wesens, das es mit ihm geteilt hatte, erschüttert schien, und da er zugleich aus seinem dreißigjährigen stillen Frieden herausgeschreckt werden sollte, ließ er einen Arzt zu sich bitten, der ihm bereits litterarisch bekannt war und mit dem er schon früher in mannigfachen indirekten Verkehr getreten war. Dieser fand den Grafen zu Bette liegend, körperlich leidend, aber noch mehr geistig. Doch der Graf wollte keinen ärztlichen Rat, sondern menschlichen. Der siebenzigjährige Greis erschien wie ein schwer getroffener Löwe. Im Gespräch entzündete sich das ganze Feuer seines reichen Geistes; er sprach ohne Zorn, ohne Sentimentalität, in überwältigender Beredsamkeit; ein tiefer Schmerz war zu erkennen, aber keine Spur von Kleinmut; – ungebrochene Willenskraft, bereit, das Äußerste zu wagen zur Bewahrung seines Geheimnisses, – der geistige Blick so frei und beweglich, wie der eines Mannes, der eben erst von dem dichtesten Marktgewühle des politischen und wissenschaftlichen Lebens heimkommt. So traf der Arzt den seit länger als dreißig Jahren von der Welt geschiedenen Einsiedler. Er durfte den Grafen zweimal besuchen.

Auf des Arztes Bemerkung, daß er den Mangel an Verkehr mit Menschen für nicht gut und namentlich auch für die Gesundheit nicht förderlich halte, erwiderte der Graf: alle seine Verwandten seien in jungen Jahren gestorben, und er, bei seinem heftigen Temperament, habe wohl ein ähnliches Schicksal erwarten müssen, wenn er sich nicht von der Welt zurückgezogen hätte. – Dies war wohl nur eine Ablenkung von dem eigentlichen Herd des Geheimnisses.

Doch die Aufregung, in der sich der Graf befand, mochte ihn fast über die Schranken seiner Vorsicht führen. Wenigstens schrieb er später in Beziehung auf des Arztes Besuch: »Es geht mir wie den Nonnen: wenn sie einmal sprechen dürfen, sprechen sie zu viel.« Es entfielen ihm Andeutungen, daß er die Glieder der Bourbonischen Familie genau gekannt; daß er bei einer Gesandtschaft in Paris und (vielleicht in ähnlicher Eigenschaft) auch in London gewesen sei, daß er in Paris mit Lafayette und Benjamin Constant verkehrt habe, – am Hofe in Weimar mit Liefländern und Kurländern zusammengetroffen, in Jena zur Zeit Schillers gewesen sei und dort Loder genau gekannt habe. Auch seiner Reise nach Wien zum Kaiser Alexander erwähnte er: »Denken Sie,« sprach er, »damals war die Dame schon bei mir; ich mußte unaufhaltsam mit Kurierpferden reisen; die Dame konnte ich nicht verlassen, sie *mußte* mich begleiten, und niemand durfte ihr Dasein ahnen. Denken Sie, welche Verlegenheit!« Als der Arzt äußerte, es sei doch zu bedauern, wenn die Erinnerungen eines so reichen Lebens für die Welt verloren gehen sollten; vielleicht werde der Graf seine Memoiren hinterlassen; – da erwiderte der Graf lächelnd: »Memoiren hinterlassen; – in meinem Nachlasse wird man nichts finden, als einige Küchenzettel.«

»Ich wollte für die Kranke Sie als Arzt rufen lassen,« sagte er im Verlaufe des Gesprächs; »doch sie wollte das nicht; auch hätte sie Opfer von Ihnen verlangt.« – Und als der Arzt, den Sinn der Worte deutend, sagte: ein Arzt sei gewohnt, Geheimnisse zu bewahren, fuhr der Graf auf: »Herr, Sie wissen gar nicht, welche Verantwortung Sie auf sich genommen hätten, wenn ich Sie zu dieser Dame geführt hätte?« – »Wenn,« so äußerte er, » *ein* Mann etwas früher gestorben wäre, so würde ich in die Welt zurückgekehrt sein.« Nunmehr, da die Dame gestorben (so schien er anzudeuten), verlohne es sich nicht der Mühe. In demselben Sinne schrieb er später, kurz vor seinem eigenen Tode; »Meine Zurückgezogenheit war lange eine gezwungene; in letzter Zeit aber war sie freiwillig.«

Im Frühling nach der Dame Tod besuchte der Graf ihr Grab in dem erwähnten Berggarten. Als er später diesen Garten durch seinen Agenten in einer gerichtlichen Schenkung an den jüngeren

Schmidt abgab, ließ er die Bedingung niederschreiben: daß ihm selbst sein Grab an der Seite der Dame bereitet werde, und daß bis auf zehn Jahre nach seinem Tode der Garten zu keinem öffentlichen Vergnügungsorte (was er früher gewesen war) benutzt werde. – Am Jahrestage des Todes der Gräfin schenkte er der Armenkasse in Eishausen fünfzig Gulden und würde diese Schenkung wiederholt haben, wenn nicht die Art des öffentlichen Dankes für diese Gaben ihn zu unangenehm berührt hätte. »Überhaupt,« schrieb er einst »würde ich gern solche kleine Gaben öfters, mir zur Freude, senden, Ware nicht solch laute Bescheinigung mir unerträglich.«

10. Tod des Grafen.

Im Jahre 1845 erreichte endlich das wunderbare Leben des Einsiedlers sein Ende. Seit mehreren Jahren war der Gras leidend. Er hatte sogleich nach dem Tode der Gräfin die Köchin (weil sie einst ihren Sohn, um diesen zu sprechen, ins Schloß hatte einsteigen lassen) aus ihrer zweiunddreißigjährigen Gefangenschaft entlassen und statt ihrer den einen Sohn der »Schmidt« nebst dessen Frau und zwei Kindern ins Schloß genommen. Er bedurfte der Pflege. Er klagte über die schwere Hand des Alters, namentlich über Gichtleiden; doch blieb sein Geist in ungeschwächter Frische; sein Humor zeigte sich noch immer, aber in noch milderer Auffassung, als vordem. Der früher erwähnte Arzt war nicht wieder zu ihm gerufen worden. Er schien den Grafen verletzt zu haben, – vielleicht dadurch, daß er ein bedeutendes Geldgeschenk ablehnte. Medizinalrat K. war öfters ins Schloß gerufen worden. Das Leiden des Grafen verschlimmerte sich aber. Die Frau seines Dieners pflegte ihn mit Sorgfalt. Wohl mochte er an seinen Tod denken, aber, wie nahe er sei, nicht berechnen können.

Schon bei einer frühern Krankheit, im Winter 1829 bis 1830, hatte er die Absicht gehabt, ein Testament zu machen. Aber da das Gericht eine persönliche Übergabe desselben forderte, so unterblieb die Ausführung des Vorsatzes. Nach dem Tode der Dame äußerte er wieder dieselbe Absicht, doch abermals ohne sie auszuführen. »Über mein Vermögen,« schrieb er damals, »sind längst alle Bestimmungen fest getroffen; ich habe nur noch über das Wenige zu verfügen, was ich hierherum besitze. Ich habe Verwandte, die sehr reich sind, mich herzlich lieben und an diese Kleinigkeiten keine Ansprüche machen.« Schon weit früher hatte er einmal dem Geistlichen mitgeteilt, daß in einem Prozeß mit seinen Verwandten ihm eine bedeutende Erbschaft zugesprochen worden sei, daß er aber, da jene Verwandten ihn zu Gevattern baten, die gewonnene Erbschaft dem Paten geschenkt habe.

Die Tage vor seinem Tode brachte er in großer Unruhe zu. Möglich ist es, daß der Wunsch zu testieren ihn beunruhigte; doch würde er eine solche Absicht wohl seinen Dienern, zu deren Vorteil er doch testiert hätte, mitgeteilt haben. Weit wahrscheinlicher ist es, daß er im Angesicht des Todes sich gedrängt fühlte, wichtige Enthüllungen über das Geheimnis seines Lebens und das seiner Lebensgefährtin zu geben, und daß er in der peinlichen Ungewißheit schwankte, ob der Moment, für den er diese Enthüllungen aufsparen wollte, nämlich sein Tod, wirklich schon in nächster Nähe sei. »Daß ich doch zu keinem Entschlusse kommen kann!« hörte ihn seine Pflegerin einmal sagen. – Er ließ den einen der Schmidt'schen Sohne von Hildburghausen kommen, um ihm Aufträge an das Gericht zu geben, und schickte ihn wieder fort, weil er zu keinem Entschlusse kommen konnte.

Am Tage vor seinem Tode soll er noch viel und lebhaft, aber unverständlich, wahrscheinlich in fremder Sprache gesprochen haben. Wenige Stunden vor seinem Tode, so behauptet die Krankenwärterin, erhielt er sein volles Bewußtsein wieder. »Wenn ich sterbe,« soll er da zu seiner Dienerin gesagt haben, »wird man einen öffentlichen Aufruf erlassen; hierauf wird eine Dame kommen – denn der einzige männliche Verwandte, den ich habe, ist kürzlich verunglückt – dann werdet Ihr sehen, daß gut für Euch gesorgt ist.«

So schloß der Unbekannte sein großartiges Einsiedlerleben, ein Leben von staunenswerter Konsequenz. – Keine befreundete Hand drückte ihm die Augen zu; kein Verwandter gab ihm das Grabgeleite. Aber in aufrichtiger Trauer geleitete die Gemeinde, in der er fast vierzig Jahre gelebt, den Toten zum Grabe, den nur sehr wenige von ihnen im Leben erblickt hatten. Die Waisenkinder waren mit ihrem Lehrer von Hildburghausen herausgezogen und reihten sich nun um das Grab ihres Wohlthäters. Neben dem Denksteine, den die edle Königin Therese von Bayern ihrem Lehrer, dem verstorbenen Geistlichen des Orts, errichtet hat, war dem Grafen sein Grab bereitet.[7] »Er ruht nun neben seinem Freunde,« sagte der Pfarrer in seiner Grabrede.

Ich gebe auch diese Umstände, um anzudeuten, daß die öffentliche Meinung einstimmig darin war, es sei ein ehrenhafter Mann den man dort begrub, und der dichte Schleier des Geheimnisses, der sein Leben verhüllt, berge ein großes Unglück oder ein Verge-

---

[7] Weshalb der Wunsch des Verstorbenen, im Berggarten zu Hildburghausen neben seiner Lebensgefährtin begraben zu werden, nicht erfüllt worden ist, weiß ich nicht zu sagen.

hen der Jugend, das nunmehr reich gesühnt sei, sicher aber nicht ein Verbrechen, vor dem die Moral zurückbeben müsse. Die Teilnahme für den Toten war allgemein.

11. Versuch einer Kritik der Geschichte des Unbekannten.

Ehe ich das an sich sehr spärliche Ergebnis mitteile welches die spätere gerichtliche Erhebung des Nachlasses des Verstorbenen ermittelte, sei mir gestattet, eine kurze Kritik des merkwürdigen Lebens zu geben, wie ich sie, auf dem Grund ungetrübter Wahrnehmungen und noch ohne Hilfe, aber auch unbeirrt von dem mehr neben als über den Verstorbenen ermittelten objektiven Thatbestand, mir zurechtlegte und unmittelbar nach dem Tode des Einsiedlers niederschrieb. Die Versuchung, Hypothesen aufzustellen, ist um so größer, je weniger ihnen eine sichere Grundlage gegeben ist. Und so drängt diese Versuchung auch hier sich um so mehr auf, je dunkler die Geschichte selbst ist, die erklärt werden soll.

Ein Mann von Geist und Welt, der ohne erkennbares Motiv vierzig Jahre lang mit nie wankender Konsequenz sich gegen die Welt abschließt, – eine Frau neben ihm, die zweiunddreißig Jahre lang sich in ihr Zimmer verschließt, in dieser ganzen Zeit nur *zweimal* zu einer andern Person, als zu dem Gefährten ihrer Einsamkeit, spricht, dies ist eine so außerordentliche Erscheinung, daß sie zu ihrer Erklärung auch die außerordentlichsten Vermutungen gestattet sein müssen. Es ist aber die Wahl gelassen, entweder eine gewaltsame *äußere* Nötigung, oder eine das Leben durchdringende *innere* Nötigung als Grund dieser Welt- und Menschenentsagung anzunehmen.

Soll eine äußere Nötigung angenommen werden, so kann sie nur darin gesucht werden, entweder daß eine große politische Bedeutung, oder daß ein großes allgemein verfolgtes Verbrechen auf den Personen geruht hat. Will man aber eine Nötigung annehmen, so kann, da wir von der Gewalt einer Geistesverwirrung oder Schwärmerei nirgends eine Spur finden, nur noch übrig bleiben, das Gebot eines durch sittliche Vergehungen zur Buße getriebenen Gewissens zu vermuten.

Nur nach diesen drei Wegen hin scheint die Vermutung Anhaltspunkte zu finden. Immer aber wird man dabei den eigentlichen Grund des Geheimnisses in der Person der Dame zu suchen haben.

Nimmt man zuvörderst ein zwingendes Gewissen als Motiv der Zurückgezogenheit an, so kann vielleicht am natürlichsten daran gedacht werden, daß die Dame aus einem Kloster entwichen, das Gelübde gethan hatte, den Bruch des Klostergelübdes durch das strengste klösterliche Leben zu sühnen, d. h. dieses Leben nur zu teilen mit – ihrem Geliebten. Doch liegt allerdings ein Widerspruch darin, daß ein Weib, die den Mut hatte, das Klostergelübde zu brechen, nicht auch, zumal an der Seite eines freigeistigen Mannes, hinreichende geistige Freiheit gewonnen haben sollte, um ihr Gewissen mit diesem Bruch selbst zu versöhnen, oder auch durch offenen Übertritt zur protestantischen Kirche und durch Eingehung einer gesetzmäßigen Ehe den möglichen Verfolgungen ihrer Glaubensgenossen sich zu entziehen. Zwar könnte eine Äußerung des Unbekannten darauf gedeutet werden, daß er sich strengen katholischen Grundsätzen der Dame accommodiert habe; denn als einst seine Aufwärterin ihn besonders festlich gekleidet fand, sagte er scherzend: »Wißt Ihr, warum ich so geputzt bin? Wir feiern heute das Fest aller Seelen.« – Aber einer katholischen Bigotterie der Dame widerspricht wieder, daß dieselbe nach Beichte und Absolution niemals verlangt, ganz ohne öffentlichen Gottesdienst gelebt hat, und daß, so viel ich weiß, zwar ein katholisches Gebetbuch, aber Kruzifixe, Rosenkränze und dergl. im Nachlaß der Unbekannten nicht gefunden worden sind.

Will man aber die weitere Möglichkeit annehmen, nämlich die, daß Furcht vor der Entdeckung eines Verbrechens den Umgang mit Menschen verboten habe, so treten in der Erscheinung der Unbekannten auffallende Gegengründe hervor. Niemand in der ganzen Umgegend kannte die, jedenfalls aus weiter Ferne Eingewanderten. Sie liefen also gar keine Gefahr, wenn sie, bei mäßiger Zurückgezogenheit, in Verkehr mit ihrer nächsten Umgebung traten. Im Gegenteil mußte ihnen die Klugheit sagen, daß gerade das Auffallende ihrer Zurückgezogenheit den Verdacht, den sie vermeiden wollten, erst erregen müsse. Das einzig Denkbare wäre die seltsame Annahme, daß die Dame auf der Stirne gebrandmarkt gewesen wäre. Daraus ließe sich dann die Äußerung der Dame (wenn diese echt ist), erklären, daß der Mann sie »aus großer Gefahr und Unglück gerettet habe;« daraus ließe sich dies ängstliche Verbergen des Antlitzes erklären, ein Verbergen, welches mit solcher Konsequenz durchgeführt wurde, daß noch sechs bis zehn Jahre nach der Ankunft der Dame in ihrer nächsten Umgebung die Meinung festsaß, die Dame habe einen Schweinerüssel. Aber wie dann die grüne Brille erklären? und wie, daß nach dem Tode der Dame mehrere sie sahen, ohne ein solches Brandmal zu bemerken? Oder war vielleicht die Stirn der Toten bedeckt? Oder war das Märchen, es sei eine Wachspuppe begraben worden, eine Wahrheit?

Statthafter scheint die dritte Annahme, daß in den Mauern des Schlosses ein großes politisches Geheimnis sich verborgen habe. Und zwar giebt die Betrachtung der äußeren Erscheinung zunächst die Vermutung an die Hand, daß der Unbekannte die Gefangenschaft einer Dame von großer politischer Bedeutung bewacht habe. Nur ungemeine Zwecke scheinen den Aufwand von außerordentlichen Mitteln rechtfertigen zu können – die Aufopferung eines ganzen Menschenlebens, die großen Summen, die nach und nach vergeudet wurden, in vierzig Jahren doch wenigstens dreihunderttausend Fl. – Aus der Besorgnis, daß die Dame den ersten Menschen, der ihr nahe, zur Befreiung aus ihrer Gefangenschaft anrufen werde, scheint äußerlich genommen, die ängstliche Absperrung der Dame erklärt werden zu können. Aber die Blicke, die wir in das innere Leben des Unbekannten haben thun lassen, scheinen einen solchen Verdachte zu widersprechen – obgleich dabei allerdings erwogen werden muß, daß wir den Charakter des Unbekannten fast allein nach den eigenen Äußerungen desselben und in der Voraussetzung, daß diese aufrichtig gewesen seien beurteilen.

Es finden aber dieselben Umstände auch ihre Erklärung bei Annahme einer mehr oder weniger *freiwilligen* Gefangenschaft, immer wieder vorausgesetzt, daß die Gefangenschaft eine Person traf, die politisch in ausgedehnten Kreisen bekannt, vielleicht durch deutliche Spuren von Familienähnlichkeiten leicht erkennbar war. Manche Gründe lassen sich für eine solche Annahme aufbringen.

Es ist zuvörderst beachtenswert, daß man im Jahre 1803 oder 1804 in Ingelfingen bei der Dame eine auffallende Ähnlichkeit mit der Tochter Ludwigs XVI. zu finden glaubte, daß man geneigt war, sie selbst dafür zu halten, und daß der Unbekannte, der ohne Zweifel von dieser Vermutung Kenntnis erhielt (denn darauf scheint seine Äußerung im Jahre 1837 »man hat mir sogar den Titel *Monseigneur* gegeben,« hinzudeuten), alsobald die Stadt verließ, durch eine erdichtete Todesnachricht seine Spur von der Erde zu verwischen suchte und von nun an wie während seines ganzen Aufenthalts in unserer Gegend, das Gesicht der Dame mit weit größerer Ängstlichkeit verbarg und überhaupt in weit strengerer Zurückgezogenheit lebte, als in Ingelfingen.

Im Zusammenhalte mit jener Vermutung der Ingelfinger erscheint die Wahrnehmung des Herrn v. B. merkwürdig, der, ohne je von ähnlichen Vermutungen gehört zu haben, in dem Gesichte der Dame eine auffallende Ähnlichkeit mit den Bourbonen fand.

Es ist ferner bemerkenswert, daß der Geistliche in Eishausen, der ebenfalls von einem frühern Aufenthalte des Unbekannten in Ingelfingen und von den Vermutungen, die sich dort an die Dame knüpften, *durchaus nichts* wußte und überhaupt eine vorgefaßte Meinung von einer politischen Bedeutung der Dame *nicht* hatte, dennoch später, aber schon lange *vor* der Wahrnehmung des Herrn von B., ebenfalls, zunächst durch das oben erwähnte Siegel mit den drei Lilien auf die Spur der Bourbonischen Familie geleitet wurde. Dasselbe Siegel hat in weit späteren Jahren, neben hundert charakterlosen, auch die Witwe des Geistlichen einmal auf einem an sie gerichteten Briefe gesehen. Die drei Lilien waren deutlich zu erkennen; auch die Krone schien bemerkbar, doch nicht mit Sicherheit zu erkennen.[8] – Als nach dem Tode des Grafen der Nachlaß der Gräfin öffentlich versteigert wurde, fand man darunter mehrere Hemden, deren eingenähtes Zeichen in drei Blumenstengeln bestand, die man für nichts anderes als für drei Lilienstengel halten kann. Bei dieser Entdeckung wird man notwendig an jene Erklärung des Grafen nach dem Tode der Gräfin erinnert: »Ich würde den ganzen Nachlaß der Dame zum Besten der Armen überlassen haben, mit Ausnahme von einigen *Hemden* und Roben.«

---

[8] Es liegt der Gedanke sehr nahe, daß der Unbekannte in seinem langen Leben in dem stets unzugänglichen Schlosse es nicht versäumt habe, über oder unter der Erde, in Wänden oder unter den Dielen, verborgene Behälter anzulegen, in welchen auch für den Fall einer plötzlichen Überrumpelung und selbst noch für den Fall seines Todes die Dokumente seines Geheimnisses (Briefe, Petschafte, bezeichnende Schmucksachen ec.) vollkommen gesichert sein konnten.

Ich erkenne sehr wohl, daß ich das Vertrauen zu der Nüchternheit meiner Kritik gefährde, wenn ich den abenteuerlichen Spuren, welche zu der Höhe eines Königthrons zu führen scheinen, noch einige Schritte weiter nachgehe. Indes selbst auf diese Gefahr hin soll es geschehen. Ich will daher noch bemerken, daß, während der Geistliche die Entdeckung an den Siegeln nirgends verlauten ließ und überhaupt in unserer Gegend der Gedanke an eine fürstliche Geburt der Dame, so viel ich weiß, nirgends Grund faßte, im Jahre 1824 oder 1825 eine französische Zeitung (ich erinnere mich leider nicht mehr, welche) die mysteriöse Notiz enthielt: man habe in einem verborgenen Winkel von Thüringen die Spur einer längst verschwundenen französischen Prinzessin entdeckt, möge aber wohl Gründe haben, diese Spur nicht zu verfolgen.[9] – Eine solche Annahme würde das respektvolle Benehmen des Herrn gegen die Dame erklären, die Wichtigkeit, die er selbst auf das Geheimnis der Dame legte, seine Äußerung gegen den Arzt: »Die Dame würde Opfer von Ihnen verlangt haben; Sie wissen gar nicht, welche Verantwortung Sie auf sich genommen hätten, wenn ich Sie zu dieser Dame geführt hätte.« – Auch die Bemerkung des Grafen: »Sie war eine arme Waise,« und selbst die: »Sie hatte kein Vermögen,« ließen sich für diese Vermutung ausdeuten. – Das Alter der Dame, wie es der Graf angab (achtundfünfzig Jahre im Jahre 1837), würde mit dem der Tochter Ludwigs XVI. zusammenstimmen, und es würde einem Romandichter nicht schwer werden, eine Intrige zu erfinden, wodurch diese echte Königstochter, halb mit Gewalt, halb freiwillig ins Schloß nach Eishausen verbannt und eine untergeschobene Herzogin von Angoulême an ihre Stelle gesetzt würde. Doch bin ich der Letzte, der einen solchen Roman dichten will. – Auch für die Annahme einer Prinzessin Condé ließen sich vielleicht einige Daten aufbringen, wenigstens die Teilnahme, die der Graf bei dem Tode des Prinzen von Coudé äußerte, und die Versicherung, die er gegen seine Korrespondentin aussprach: »man thue großes

---

[9] Diese Notiz verdanke ich einem zuverlässigen Manne, der gerade zu jener Zeit, als das Blatt erschien, sich in Geschäften des Königs von Württemberg in Paris befand, und dem man die eben erwähnte Zeitung, Erklärung suchend, vorlegte. Es ist übrigens auch denkbar, daß jene Zeitungsnachricht von einem solchen herrühren konnte, der in Deutschland von den Unbekannten in Eishausen erfahren und in Paris eine Lösung des Geheimnisses ausgedacht hatte. In Paris vermutete man übrigens, die Nachricht deute auf eine Prinzessin von Condé.

Unrecht, wenn man dem Prinzen zutraue, daß er sich selbst ums Leben gebracht habe.« (Er war bekanntlich erhängt gefunden worden.)

Soll man vielleicht aus dem hohen Stande der Dame auch noch die Annahme herleiten, daß der Unbekannte mit derselben in keinem vertrauteren Verhältnisse gestanden habe? Diese Frage wird unter allen Fällen interessant sein. Es ist wenigstens seltsam: damals, da beide in dem blühendsten Lebensalter standen, höchst wahrscheinlich erst sehr kurze Zeit verbunden waren, äußerte der Graf mit Wehmut: »Daß ich doch so glücklich wäre, Kinder zu besitzen!« Aber es ist auch schon darauf aufmerksam gemacht worden, daß die Erfüllung eben dieses Wunsches, die doch unter gleichen Verhältnissen sehr natürlich zu erwarten war, die Schranken des Geheimnisses mit einem Male niedergerissen haben würde, und es ist und bleibt immer sehr merkwürdig (wenn nicht bedenklich), daß ein vertrautes Verhältnis, wie es doch wohl anzunehmen ist, eben da kinderlos blieb, wo Kinderlosigkeit notwendige Bedingung zur Erreichung des Lebenszweckes war.

Es braucht übrigens kaum erst erwähnt zu werden, daß die Gründe, die wir für die Annahme einer fürstlichen Herkunft der Dame angeführt haben, zu einem *Beweise* durchaus unzureichend sind, und daß eben dieser Annahme die schlichte Bezeichnung der Dame: »Sophia Botta, ledig, bürgerlich, aus Westfalen,« wie sie der Graf gab, geradezu widerspricht, wenn anders man geneigt ist, diese Angabe für Wahrheit zu halten.

Wenn aber auch, was ich keineswegs für unmöglich halte, die Dame ohne alle politische Bedeutung war, so ist doch gewiß, daß auf ihr das eigentliche Geheimnis ruhte. Und auf diesen Umstand und auf das rein psychologische Interesse des Gegenstandes wünsche ich die nüchterne Kritik der Leser auch für Auffassung des Nachfolgenden zurückzulenken.

12. Die Presse über den Grafen.

Die Presse, die während des Lebens des Grafen sein Geheimnis mit seltener Diskretion behandelt hatte, bemächtigte sich alsobald nach seinem Tode aller Materialien, die irgend zu einer Schilderung seines Lebens dienen konnten, die widersprechendsten Märchen und Hypothesen traten hervor; nur wenige Zeitungen brachten ernste und würdige Artikel über den Gestorbenen, keine gab volle Wahrheit; einige Broschüren erschienen – es waren teils Romane, aus dem dürftigsten Stoffe der Wahrheit gewoben, teils selbst erfundene Geschichten. Nirgends war Wahrheit. Seltsam, daß derselbe Mann, der vierzig Jahre lang von der Justiz und der öffentlichen Meinung für unverdächtig gehalten worden war, nun mit seinem Tode auf einmal in die Reihe geheimnisvoller Verbrecher, oder politisch Geächteter versetzt wurde. Die Artikel, welche damals durch die öffentlichen Blätter liefen, hatten zum größten Teil die Tendenz solcher Verdächtigung. Doch fehlte es auch wenigstens nicht ganz an solchen, welche, im Hinblick auf ein vierzig Jahre lang nur durch Wohlthaten sich äußerndes Leben die Ehre des Grafen auf das Entschiedenste verteidigten. Einen Artikel der letzten Art (der in der Augsb. Allgemeinen Zeitung, Beilage 130 vom Jahre 1845) erschien, teilen wir nachfolgend im Auszug mit:

» *Vom Rhein.* Über den zu Eishausen bei Hildburghausen verstorbenen » *Grafen Varel de Versay*,« der auch noch andere Namen führte, sind in jüngster Zeit so viele grundlose Gerüchte durch die Tageblätter gegangen, daß man sich in der Lage sieht, diesen hiermit entgegenzutreten. Graf Varel de Versay – so hieß er eigentlich nicht, obgleich er ein Recht auf diesen Namen hatte – wohnte früher nicht in dem angegebenen Orte, sondern zuerst in der Rheingegend, dann an einem andern Orte, den anzugeben man nicht ermächtigt ist, und kam vor etwa vierzig Jahren, in Folge von politischen Vorgängen nach Hildburghausen, um daselbst ruhig und unbekannt zu leben. Bald nach seiner Ankunft überreichte er der damaligen Herzogin von Hildburghausen ein Schreiben von sehr hoher Hand, teilte ihr die Gründe mit, weshalb er unbekannt bleiben wollte, was die Fürstin gern gewährte, und stand später mit derselben hohen

Frau noch lange in Korrespondenz.[10] Letzteres dürfte in Hildburghausen wohl noch bekannt sein, weshalb es eine Verletzung
der Pietät ist, wenn ein Zeitungskorrespondent vermutend aus-
spricht, der Graf habe der Fürstin etwas weißgemacht. Ob der der-
malige Landesherr, der jetzige Herzog von Sachsen-Meiningen, von
den Verhältnissen des Grafen unterrichtet war, weiß man nicht
anzugeben, aber er hatte jedenfalls Takt genug, den Grafen, der
schon zwanzig Jahre im Lande lebte und so viele Wohlthaten aus-
übte, in seiner Ungestörtheit zu lassen und bei einem gewissen
Vorkommnis den Behörden deshalb Anweisung zu geben. Seine
Hand streute überall eine Menge Wohlthaten aus und manche
Thräne hat er getrocknet, sodaß selbst die Stadtbehörde einen
schicklichen Anlaß benutzte und ihm das Bürgerrecht schenkte.
Nachdem also der Graf fast vierzig Jahre in der Gegend von Hildburghausen gelebt und während dieser ganzen Zeit es niemand
gewagt hatte, auch nur einmal eine schlimme Vermutung gegen ihn
öffentlich zu äußern, treten plötzlich jetzt, wo er sich nicht verteidi-
gen und den Verleumdern die Stirne bieten kann, verschiedene
unberufene Leute auf und schleudern Vermutungen gegen den
edeln Mann, welche nur von gemeinen Verbrechen reden. Obwohl
man sich nicht für befugt hält, Verhältnisse zu erörtern, über welche
der Graf stets Stillschweigen beobachtete und wonach zu fragen
niemand berechtigt ist, so fordert doch die Pietät gegen den Verstorbenen, daß man Nachfolgendes der Öffentlichkeit übergiebt.
Der Graf stammt aus einer alten vornehmen Familie und gelangte in
eine Sphäre, wo er mancherlei wichtigen Ereignissen nahestand und
von woher ihn einige noch jetzt Lebende wohl kennen dürften. Die
politischen Ereignisse zu Anfang des jetzigen Jahrhunderts veranlaßten ihn, seinen Wohnort mehrmals zu verändern; auch verlangte
es einmal sogar seine Sicherheit, sich den Nachstellungen seiner
Feinde zu entziehen. So kam er nach dreimaligem Ortswechsel nach
Hildburghausen, wo er aus hohe Briefe hin eine sichere Wohnstätte
fand. Als die Verbündeten gegen Frankreich zogen, gedachte der
Graf Hildburghausen zu verlassen und reiste an den Rhein, um mit
einem Diplomaten Rücksprache zu nehmen, aber den Kaiser Ale-

---

[10] Diese Notiz ist, wie schon oben gesagt, obschon während des Lebens des
Unbekannten allgemein für wahr angenommen, doch unrichtig. Der Graf war
ohne Empfehlungsbriefe nach Hildburghausen gekommen.

xander sah und sprach er in Frankfurt nicht. Nun erhielt der Graf seine Güter zurück, darunter ein schönes Gut an der Seeküste; der größte Teil seines Vermögens lag aber in der englischen und holländischen Bank und durch einen dieser Banquiers ging seine ganze Korrespondenz. Die Gründe, die den Grafen ursprünglich zu so strenger Zurückgezogenheit bewogen hatten, fielen nun zwar hinweg, aber schmerzliche Erinnerungen und der Rat von hoher Seite hielten ihn ab, die Heimat wieder aufzusuchen, und so beschloß er, in Hildburghausen zu bleiben, wo man sein Geheimnis ehrte und er außer aller Berührung mit Menschen bleiben konnte, da er durch traurige Erfahrungen das ganze Leben hindurch eine Art Menschenhaß[11] in sich eingesogen hatte. Später, nach einer Reihe von Jahren, ergab sich wieder eine Veranlassung für den Grafen, von Hildburghausen zurückzukehren, aber die Gewohnheit siegte über ihn, sodaß er beschloß, da zu sterben, wo er so lange gelebt und auch seine Begleiterin Ruhe gefunden hatte. Diese Begleiterin vorzüglich ist es, welche leichtfertige Korrespondenten zu Vermutungen veranlaßten, die den Grafen als Verbrecher erscheinen lassen und Ursache zu diesen Zeilen sind. Die erwähnte Dame lebte durchaus ganz freiwillig bei dem Grafen in solcher Abgeschiedenheit; auch trug sie nie eine Larve, und nur um den Blicken der Zudringlichen auszuweichen, ließ sie häufig den Schleier nieder. Viele (?) haben sie in ihrem Leben von Angesicht gesehen und selbst die Leichenträger sahen sie noch im Sarge. Daraus folgt doch gewiß, daß sie sich nicht vor den Menschen zu verbergen brauchte; auch hätte sie täglich Gelegenheit genug gehabt, den Grafen zu verlassen und die Freiheit zu suchen, wenn wahr wäre, was die Korrespondenten sagten, daß der Graf sie gefangen gehalten hätte wie Kaspar Hauser, eiserne Maske und dergl. Daß die Dame ihre Befehle nicht mündlich zu geben pflegte, kam einfach daher, daß sie nicht deutsch reden konnte.[12] Ein Verbrechen oder Vergehen liegt also überall nicht vor, und daß auch die meiningische Regierung keinen Grund zu solchen Vermutungen sah, beweist der Umstand, daß sie die ganze Zeit hindurch nicht in die Geheimnisse des Grafen einzu-

---

[11] Davon findet sich keine Spur.

[12] Aus dem, was wir mitgeteilt, geht hervor, daß die Dame deutsch sprach, und wenn der Brief, den der Graf mitteilte, wie wir nicht zweifeln wollen, echt ist, daß sie auch deutsch schrieb.

dringen suchte, während sie sich doch wahrlich von dem Vorwurfe freihalten mußte, ein Verbrechen zu dulden und zu befördern. Da es des Grafen bestimmter Wunsch gewesen, daß auch nach dem Tode seine Verhältnisse unbekannt blieben, so hat er alle darauf bezüglichen Papiere teils in geeignete Hände gelegt, teils vernichtet, jedoch durch Testamente, die er längst bei seinem Banquier niedergelegt hat, über seinen Nachlaß in rechtlicher Form verfügt. Das eine, aus Hildburghausen Bezug habende, worin für seine Diener und wohlthätige Zwecke all sein dortiges Vermögen bestimmt wurde, ist wahrscheinlich nach Eishausen zurückgekehrt;[13] sollte aber dieses nicht der Fall sein, so wird nach des Grafen Anordnung (wenn diese nicht inzwischen geändert wurde), auf die gerichtliche Todesanzeige im Amsterdamer Handelsblad, dem Hamburger Korrespondenten und dem Pariser Moniteur dasselbe ausgefolgt werden und vielleicht eine mit der Ausführung des letzten Willens beauftragte Person in Hildburghausen erscheinen. Inzwischen dürfte es Pflicht der Behörde sein, den Nachlaß unversehrt *Jahr und Tag* zu belassen. Das langbewährte Geheimnis zu erforschen, ist die Behörde jetzt nicht mehr befugt, nachdem sie es zu Lebzeiten des Grafen nicht gethan; läge aber sogar die Vermutung eines Verbrechens vor, so wäre ohnehin mit vierzig Jahren eine Verjährung längst eingetreten und der Graf hätte nicht nötig gehabt, unbekannt zu bleiben, da er ohnehin früher nicht in Deutschland gelebt hatte. Mehr darüber zu sagen, sind wir nicht ermächtigt. Für die wenigen noch lebenden Männer, welche den Grafen vor einem halben Jahrhundert kannten, wird beigefügt, daß die nötigen Anknüpfungspunkte allein in Holland zu suchen sind, und man ist überzeugt, daß bei fortgesetzten Verleumdungsversuchen einer dieser wenigen sich erheben und durch seine Worte dieselben niederschlagen wird, da diese Zeilen gewiß einem derselben zu Gesicht kommen.«

Der Kritik der Leser überlassen wir es, zu entscheiden, ob der Verfasser des vorstehenden Artikels wirklich einen Blick hinter den Schleier des Geheimnisses gethan hat, oder die Rolle eines Eingeweihten nur fingierte. Uns selbst scheint manches für die letzte Annahme zu sprechen; wir denken daran, daß der Artikel von einem wohlmeinenden Mann in der Nähe des Schlosses herrührt.

---

[13] Ein solches Testament ist nicht zum Vorschein gekommen.

Dies angenommen, ist die Korrespondenz bezeichnend für die Meinung und die Ansichten, die sich in der nächsten Umgebung des Grafen über denselben gebildet hatten.

13. Die gerichtlichen Erörterungen und Versuch einer Kritik derselben.

Sofort nach dem Tode des Grafen hatte das Kreisgericht zu Hildburghausen den Nachlaß unter Siegel gelegt. Es nahm eine Untersuchung der Papiere vor. Das wesentliche Ergebnis dieser Untersuchung findet sich in der gerichtlichen Ediktalladung, die ich hier mitteile.

»(Ediktalladung.) Seit dem Jahre 1806 hat ein fremder Herr, welcher sich Vavel de Versay nannte, das Schloß zu Eishaufen im hiesigen Gerichtsbezirke als Mietmann bewohnt. Dieser Herr ist am 8. April d. J. ohne bekannte Erben und ohne hier letztwillig verfügt zu haben, verstorben. Es ist daher sein Nachlaß unter Siegel gelegt, gerichtlich verzeichnet und dabei befunden worden, daß derselbe an Immobilien, Mobilien und barem Geld, rücksichtlich im Schätzungswerte, fünfzehntausendeinhundert Fl. rhein. beträgt. Bei Gelegenheit dieser Inventarisation haben sich verschiedene Papiere gefunden, aus welchen fast ohne Zweifel hervorgeht, daß der Verstorbene, nicht wie er sich nannte, sondern Leonardus Cornelius van der Valck geheißen hat, am 22. September 1769 in der katholischen Kirche zu Amsterdam getauft war, und daß sein Vater Adrianus van der Valck, seine Mutter aber Maria Johanna van Moorsel geheißen habe. Ferner geht aus jenen Papieren hervor, daß L. C. van der Valck zuerst Offizier in der französischen Armee, später aber und bis ins Jahr 1799 Sekretär bei der holländischen Gesandtschaft in Paris gewesen, und darauf mit Reisepaß vom 1. Juni 1799 nach Deutschland gegangen ist.«

»Endlich ist aber auch aus den Papieren des Verstorbenen ersichtlich, daß er bis an seinen Tod mit seinen Verwandten in Amsterdam in stetem Briefwechsel gestanden hat.«

»Da nun, wie oben erwähnt, dem Gerichte nicht bekannt ist, ob der Verstorbene irgendwo ein Testament errichtet hat, und wer sonst seine Erben geworden sind: so werden alle diejenigen, welche Erbrechte oder sonstige Ansprüche an den Nachlaß des obengenannten Herrn Vavel de Versay oder Leonardus Cornelius van der Valck zu haben glauben, ediktaliter hierdurch vorgeladen,

Dienstag den 30. Juni 1846

vor dem unterzeichneten Gerichte legal zu erscheinen, ihre vermeintlichen Ansprüche oder Forderungen in diesem Termin gehörig anzumelden, und daraus das Weitere zu gewärtigen, bei Vermeidung daß die Vorgeladenen, welche nicht erscheinen, ihres Erb- oder Miterbrechts, auch aller andern Ansprüche, auf welchem Rechtsgrunde sie irgend geruht haben könnten, für verlustig geachtet, oder daß diejenigen, welche wirklich erscheinen und sich legitimieren, für die rechtmäßigen Erben werden angenommen und ihnen als solchen der vorhandene Nachlaß werde ausgehändigt werden.«

»Im übrigen werden alle diejenigen, an welche gegenwärtige Ladung gerichtet ist, andurch angewiesen, zur Annahme der etwa künftig noch zu erlassenden Dekrete am Sitz des Gerichts Bevollmächtigte mittels gehöriger Urkunden zu bestellen.«

»Hiernächst ist am 25. November 1837 eine nach Namen, Stand und Herkunft völlig unbekannte Dame, welche das Schloß gleichzeitig mit obengenanntem Herrn Vavel de Versay oder L. C. van der Valck bewohnt hat, ohne bekannte Leibeserben oder Testament verstorben. Damals ist der Nachlaß dieser Dame zwar gerichtlich verzeichnet, auf besonderes Bitten des Herrn Vavel de Versay oder L. C. van der Valck aber diesem gegen bare Erlegung des Schätzungswertes von eintausendvierhundertsiebzig Fl. rhein. überlassen, diese Summe aber einstweilen als ein Depositum verwahrt worden. Unter den Papieren des mehrgenannten Herrn etc. de Versay oder etc. van der Valck haben sich indes auch eine Reihe aus Mans im Jahre 1798 und 1799 datierte Briefe einer Frau gefunden, welche ohne Zweifel an den mehrgenannten Verstorbenen gewichtet und mit

Angnés Berthelmy née Daniels

unterzeichnet sind. Der Inhalt dieser Briefe, verbunden mit andern Umständen, lassen die Annahme zu, daß die Verfasserin der Briefe mit der am 25. November 1837 im Schlosse zu Eishausen verstorbenen Dame vielleicht identisch gewesen sein könnte. Erst in den letzten Tagen ist uns aber von seiten des hiesigen Hofkirchenamtes auf Verlangen noch mitgeteilt worden: Herr de Vavel habe gleich nach dem Tode seiner Lebensgefährtin der pfarramtlichen Aufforderung zur Angabe des Namens etc. derselben zu entsprechen sich geweigert, später aber, auf das Versprechen, seine Angaben bis nach seinem Ableben verschwiegen zu halten, erklärt, sie heiße Sophia Botta, sei ledigen Standes, aus Westfalen und achtundfünfzig Jahre alt.«

»Ob indes diese Angaben gegründet sind, oder nicht, ist bis jetzt nicht zu ermitteln gewesen.«

»Es werden daher nunmehr auch alle diejenigen, welche an den Nachlaß der fraglichen unbekannten Dame Erb- oder sonst irgend welche Ansprüche zu haben glauben, andurch vorgeladen, in dem oben bestimmten Termine

den 30. Juni 1846

vor dem unterzeichneten Gerichte gehörig zu erscheinen und ihre Ansprüche anzumelden, unter der Verwarnung, daß die Nichterscheinenden mit ihren etwaigen Erb- oder sonstigen Rechten für ausgeschlossen und derselben für verlustig erklärt, der in Gewahrsam befindliche Nachlaß aber entweder denen, welche erscheinen und sich dazu legitimiren, oder dem Fiscus, als herrenloses Gut, werde hinausgegeben werden.«

Beschlossen Hildburghausen im Herzogtum Sachsen-Meiningen, am 2. Juni 1845.

Herzoglich S. M. Kreis- und Stadtgericht
daselbst,

E. Rommel.«

Infolge dieser Bekanntmachung erschien ein Herr van der Valk aus Holland, von einem Rechtsanwalt begleitet, in Hildburghausen, wußte sich als Verwandter des Leonardus Cornelius van der Valk zu legitimieren und erhielt den Nachlaß des »Grafen« ausgehändigt. Man vernahm bei dieser Gelegenheit, daß die Verwandten des Verstorbenen ein schwunghaftes Handelsgeschäft betreiben.

Die Leser werden nun vielleicht meinen, mit diesen Nachrichten sei die Glorie meines wunderbaren Einsiedlers merklich getrübt und sein Geheimnis habe eine ziemlich alltägliche Lösung gefunden.

Aber auch angenommen, daß in diesen aktenmäßigen Daten die Lösung des Geheimnisses wirklich gegeben wäre, und daß hinter dem weggezogenen Schleier weder der grauenhafte Anblick eines Verbrechens, noch der Glanz eines politisch großen Lebens sich zeigte, so mußte doch noch gefragt werden, ob denn die psychologische Merkwürdigkeit dieses vierzigjährigen Einsiedlerlebens an Bedeutung verloren habe, oder ob sie nicht vielmehr eben durch die Annahme erhöht werde, daß die Verbannung des wunderbaren Mannes eine freiwillige war.

Aber jene Annahme selbst, welche das Geheimnis als enthüllt betrachtet und nichts weiter als eine psychologische Merkwürdigkeit übrig läßt, ist ganz unstatthaft.

Das Geheimnis ist noch nicht enthüllt. Selbst die einzige Entdeckung, die man gemacht zu haben meint – *der Name* – ist noch nicht konstatiert. Ich wage dies zu behaupten, ohne damit die Umsicht und Gewissenhaftigkeit des Gerichts auch nur im Entferntesten zu bezweifeln.

Sehen wir die angebliche Entdeckung etwas näher an.

Unter den Papieren, die man in der Wohnung des Verstorbenen findet und deshalb für sein Eigentum hält, befindet sich ein Paß auf den Namen Leonardus Cornelius van der Valck und ein Taufzeugnis, auf denselben Namen lautend. Was ist daraus zu folgern? – Unter *gewöhnlichen* Umständen allerdings die sehr wahrscheinliche Annahme, daß der Verstorbene Inhaber des Passes gewesen sei, und daß dieser und der entsprechende Taufschein die Personalien desselben enthalten. Eine Gewißheit aber kann sich in dem vorliegenden Falle um so weniger ergeben, als die Personalbeschreibung des dreißigjährigen Gesandtschaftssekretärs, die im Jahre 1799 ein Pariser Paßexpedient gab, in ihrer Vergleichung mit dem sechsundsiebzigjährigen Greis, den das Gericht im Jahre 1845 auf dem Totenbette besichtigte, zu keinem nur irgend beweisenden Resultate führen konnte. Es bleibt also bei der Vermutung; aber diese Vermutung selbst, soviel sie unter gewöhnlichen Umständen für sich hat, verliert an Grund unter den *ungewöhnlichen* Umständen, die wir bei dem Toten in Eishausen finden.

Der Graf trug nicht, wie andere Leute, seinen Paß mit sich herum, um ihn zu seiner Legitimation andern Leuten unter die Augen zu halten. Er hat seit vierzig bis fünfundvierzig Jahren nirgends einen Paß vorgewiesen; er hat dies vielmehr unter allen Umständen verweigert. Seit mehr als vierzig Jahren schien sein ganzes Leben an die Aufgabe geknüpft, seinen Namen zu *verhüllen*, das Publikum mit einem falschen Namen *irrezuführen*. Und nun soll man glauben, daß der Mann, der seit fast einem halben Jahrhundert mit der ganzen Zähigkeit seines Wesens das Geheimnis seines Namens gehütet, dieses mit sterbender Hand von den sieben Siegeln gelöst und es zur leichtern Kenntnisnahme des Gerichts neben seinem Sterbelager ausgebreitet habe? Und dieses soll er gethan haben aus dem einzig denkbaren Grunde, um seinen reichen Verwandten, die er nie gesehen, eine kleine Erbschaft von fünfzehntausend Gulden einzuliefern? Denn mit der bloßen Nennung seines *Namens* war ja nur dies erreicht; er hatte nicht die Enthüllung des Geheimnisses seines *Lebens*, wozu ihn vielleicht auf dem Sterbebette sein Gewissen oder wohlmeinende Rücksichten hätten drängen können, gegeben, sondern nur einige Daten, die er doch vierzig Jahre lang zu verschweigen Grund hatte. Sieht eine solche Halbheit dem Manne ähnlich, dessen Leben und Wesen wir beschrieben haben?

Die natürlichere Annahme wäre fast die, daß der Mann der mit dein Namen Vavel de Versay hatte irreleiten wollen, auch mit dem Namen L. C. van der Valck täuschte. Er brauchte zu dieser letzten Täuschung kein anderes Mittel, als: Paß und Taufschein eines Herrn L. C. van der Valck, die er vielleicht durch irgend einen Zufall oder mit Absicht einmal in seine Hände bekommen hatte, unberührt unter seinen Papieren liegen zu lassen.

Das Gericht hat nun zwar neben jenen beiden Dokumenten noch andere Papiere gefunden – eine Reihe von Briefen, aus welchen hervorgeht, daß die Verwandten des L. C. van der Valck von Holland her mit dem Geheimnisvollen im Schlosse bis zu seinem Tode in Korrespondenz standen und diesen also wohl selbst für den L. C. van der Valck hielten. Indes auch diese Papiere konnten einen evidenten Beweis der Indentität der Personen nicht liefern; und das Gericht hatte daher ganz Recht, nicht mehr zu sagen, als: »aus den Papieren (an sich) geht *fast ohne Zweifel* hervor, daß der Verstorbene, nicht wie er sich nannte, sondern L. C. van der Valck geheißen hat.«

Und hat nun der Herr van der Valck, welcher im Termine am 30. Juni 1846 erschien und Erbansprüche anbrachte, etwa die noch fehlenden Beweisgründe beigebracht? Nur so viel scheint gewiß: er hat den Nachweis geliefert, daß die van der Valcks in Holland mit demselben Manne, dessen Papiere im Schlosse zu Eishausen sich finden, als nur ihrem Verwandten korrespondiert haben, und daß derselbe aus dem Valck'schen Familienvermögen Renten bezogen hat. Es verlautet aber zugleich in sehr glaubwürdiger Weise, daß das Gericht trotz dieses Nachweises Anstand genommen habe, den Nachlaß des Einsiedlers der Familie van der Valck auszuantworten, und daß die Aushändigung dieses Nachlasses erst mit Hilfe diplomatischer Vermittelung, welche die holländische Gesandschaft bei dem Gouvernement in Meiningen eintreten ließ, erlangt worden sei. Wir zweifeln nicht, daß diese Auslieferung ein Akt der Billigkeit war; denn es scheint ja der Beweis geliefert, daß der Nachlaß; des Unbekannten aus van der Valckschen Renten angesammelt worden war, und es wurden auch die Rechte dritter Personen nicht verletzt; denn solche waren in dem Präclusivtermine nicht angemeldet worden und daher rechtlich erloschen, und die Erbschaft fiel, wenn die van der Valckschen Ansprüche aus Mangel hinreichender Begründung zurückgewiesen wurden, als herrenloses Gut dem Fiscus zu, der damit nach Gutdünken schalten konnte. Gewiß ist nur aber dies, daß ein evidenter Beweis der Identität nicht geliefert worden ist, und zwar einfach aus dem Grunde, weil es überhaupt unmöglich ist, unter Umständen, wie die vorliegenden, einen solchen Beweis zu führen.

Ich gehe dabei einfach von dem Satze aus, daß das Medium schriftlicher Dokumente allein für die Führung eines evidenten Beweises der Identität der Person unzureichend ist. Daß Dokumente, die neben einem Toten sich finden, wirklich auf diesen sich beziehen, muß erst durch Zeugen dargethan werden, welche diese Person selbst und ihre Beziehung zu den Dokumenten aus Erfahrung gekannt haben. Eine solche Zeugenschaft aber fehlt für die im Schlosse zu Eishausen gefundenen Papiere.

Der Herr van der Valck, der mit einem Anwalte aus Holland kommt, behauptet zwar, der Verstorbene sei sein Verwandter Leonardus Cornelius gewesen; seine Behauptung wird durch Thatsachen unterstützt und gewiß durch subjektive Überzeugung getragen. Aber der evidente Beweisgrund fehlt. Er hat den Mann im Schlosse *nie* gesehen; er bekennt sogar, daß nie ein Glied der Valck-schen Familie das Schloß in Eishausen betreten und in dem Bewohner jenen Verwandten erkannt, ja daß unter den jetzt noch lebenden Gliedern der Valckschen Familie nicht eines ist, welches den Leonardus Cornelius je gesehen hätte. Es ist überhaupt in der weiten Welt kein Zeuge aufzutreiben, der behaupten könnte: ich habe den Mann im Schlosse als einen van der Valck erkannt; ja, kein Mensch in der Welt kann sagen: ich habe aus dem Munde des Mannes selbst gehört, er sei ein van der Valck. Läge der Einsiedler noch auf dem Totenbette, seine Verwandten würden suchen, die Familienzüge in ihm zu erkennen; aber so modert er schon im Grabe.

Der Fremde legt Briefe vor, welche die Valck'sche Familie aus dem Schlosse in Eishausen erhalten hat; sie stimmen zu der Handschrift von Skripturen, die man im Schlosse zu Eishausen findet; aber niemand kann eigentlich behaupten, daß die Handschrift hier und dort die des Toten sei. Der Mann hat seine Schriftzeichen, wo er auch solche hinausgegeben hat, immer wieder sorgsam eingezogen, als fürchte er von ihnen Verrat seines Geheimnisses. Niemand hat auch nur eine Zeile auszuweisen, von der er behaupten könnte, sie sei von der Hand des Toten geschrieben. Eine Rekognition der Handschrift, welche die Verwandten aus Holland produzieren, kann also nicht stattfinden.

Und der Behauptung der Familie van der Valck steht die Thatsache gegenüber, daß der Mann selbst sich öffentlich Vavel de Versay, nicht van der Valck genannt hat. Ja, jener Behauptung steht noch eine Erklärung entgegen – eine Erklärung, die der Verstorbene selbst gegeben hat, ohne einen denkbaren Zweck des Betrugs; eine Erklärung, die ihm in einem Augenblick entfallen ist, wo sein ganzes Gemüt in Schmerz aufgelöst schien, in einem Augenblick, wo seine Zurückgezogenheit »nur noch eine freiwillige« und von der Entdeckung seines Geheimnisses nichts mehr für ihn zu fürchten war – diese Erklärung findet sich in dem Briefe, den der Graf, mit der Versicherung, daß er von seiner Lebensgefährtin an ihn geschrieben gewesen sei, seiner Korrespondentin in Hildburghausen mitteilte. In diesem Briefe wird der Mann nicht Leonardus und nicht Cornelius, sondern *Ludwig* genannt. Sollen wir diese Notiz, unter solchen Umständen gegeben, so leicht als Falsum über Bord werfen?

Oder muß man dennoch zu der Annahme der Identität greifen, – eben deswegen, weil die Umstände keine andere Annahme zulassen?

Nehmet ihr an, daß der Mann *einmal* einen Namen erlogen, so ist nur ein Schritt zu der andern Annahme, daß er auch ein anderes Mal gelogen und den Namen van der Valck usurpiert habe. Und sehet ihr einmal den Faden des Argwohns so weit ausgesponnen, daß er alle Maschen des Schleiers eines vierzigjährigen Geheimnisses bildet, so dürft ihr nur das Verbrechen eines Eugen Aram annehmen, und der Unbekannte ist in dem Besitz der Dokumente des von der Erde verschwundenen Leonardus C. van der Valck, und nur einige Vertrautheit mit den Familienverhältnissen derer van der Valck und nur eine kunstfertige Hand, die Schrift des toten Leonardus nachzuahmen, dürft ihr annehmen, und die Familie des van der Valck in Holland ist durch einen Betrug umstrickt, der thatsächlich bis zum Tode dessen fortdauert, der ihren Namen usurpiert hat und auch nach dem Tode den wahren Namen des Betrügers der Entdeckung entzieht.

Ich will annehmen, daß die van der Valck die Spur ihres Anverwandten mit unbezweifelter Gewißheit bis zum Anfange dieses Jahrhunderts verfolgt haben. Sie wissen wohl mit Bestimmtheit, daß der Geheimnisvolle in Ingelfingen ihr Leonardus Cornelius war. Aber sie haben wohl nicht die Zeitung gelesen, die damals den Tod des Mannes von Ingelfingen berichtete, nicht jenes bestimmte Zeugnis des Schwäbischen Merkurs, daß der Leonardus Cornelius schon vor vierzig Jahren gestorben war. Oder wenn der Totgesagte nach Holland geschrieben hat: ich bin nicht tot, – ich lebe noch! – hat denn einer van der Valcks dem Schreiber ins Auge gesehen und sich überzeugt, daß es wirklich der Leonardus Cornelius ist, der noch lebt? Nein, das Angesicht ihres Verwandten haben die van der Valck seit jener Zeit nie wieder erblickt.

Nehmen wir an, daß jene Todesnachricht wahr, daß es also nicht der echte Leonardus Cornelius war, der in Hildburghausen auftauchte, sondern sein Doppelgänger, sein Ebenbild, der dieselbe Dame, denselben Diener mit sich führte, wie jener Leonardus in

Ingelfingen, dann ist leicht zu erklären, weshalb der Mann sich in ein tiefes Geheimnis hüllte. Deswegen, kann man sagen, hat der Namenlose sich vor der Welt vergraben, deswegen im vierzigjährigen Gefängnis seine eigene Gestalt gehütet, daß sie nicht einem eingeweihten Auge zum Verräter seiner That werde: deswegen hat er den van der Valcks geschrieben, daß er, ihr Vetter, nur noch unter dem Namen Vavel de Versay existiere und der Welt abgestorben sein wolle, damit nicht etwa einer der vielen Bekannten des Leonardus einmal auf den Gedanken komme, nach Eishausen zu reisen, um den alten Freund wiederzusehen, und zurückbebe, wenn er einen untergeschobenen Leonardus finde; – deswegen namentlich hat er in vierzig Jahren *nie* einen van der Valck sein Angesicht sehen lassen. – Und der ergraute, schweigsame Kammerdiener, – hat vielleicht die Gestalt des toten Cornelius vor seiner Seele gestanden, als er auf seinem Totenbette nach dem Geistlichen rief, um ihm beichten?

Auf den Grund äußerer Erscheinungen läßt sich allerdings eine solche Hypothese aufbauen. Aber ein Blick auf den Charakter des Unbekannten, wie wir ihn mit einigen Zügen zu zeichnen gesucht haben, wird uns wenigstens geneigt machen, einem schwarzen Verdachte, wie er sich wohl an jene Hypothese knüpfen müßte, nicht Raum zu geben. Ich wenigstens halte eine Verschiedenheit der Personen für denkbar, ohne daß dadurch der Charakter meines Einsiedlers befleckt wird. Denn wenn einmal Hypothesen das wunderbare Geheimnis erklären sollen, so muß auch diese zulässig sein, daß der wahre Leonardus von Amsterdam lebend oder sterbend seinen Namen, seine Papiere, seine Renten einem andern übertragen hat, – vielleicht aber mit dem köstlichen Vermächtnis, das dieser hüten sollte, – mit dem unbekannten Weibe. Für diese Annahme wäre es von großer Bedeutung, zu ermitteln, ob der Verstorbene neben den van der Valckschen Renten noch andere Einkünfte bezogen. Die frühere Berechnung der Post, welche die Jahreseinkünfte des Grafen zu zwölftausend Gulden angab, und die Ermittelung des Gerichts, welche siebentausend Fl. angab, weisen, wenn sie richtig sind, auf das Dasein einer solchen Differenz hin.

Kehre ich aber selbst zu der thatsächlich am meisten begründeten Annahme zurück, daß der Geheimnisvolle, vierzig Jahre lang Unbekannte als Leonardus Cornelius van der Valck aus Amsterdam entdeckt sei, trete ich also mit diesem Namen ganz in die nackte Wirklichkeit, in den Bereich eines vornehmen, achtbaren holländischen Handelshauses, dann erst, weit entfernt, die Erklärung zu finden, verliere ich alle Fäden zur Enthüllung des Geheimnisses im Schlosse zu Eishausen vollends aus den Händen. Was in aller Welt, so frage ich, konnte den jungen, reichen, kräftigen, geistreichen Gesandtschaftssekretär Leonardus bewegen, in seinen besten Jahren aus einer aussichtreichen Laufbahn und von der Metropole der Welt sich loszureißen? War es eine Grille, eine hypochondrische oder misanthropische Laune? Im Charakter des Unbekannte findet sich keine Spur von einer solchen Stimmung, und eine solche selbst dauert nicht fünfundvierzig Jahre lang aus, ohne wenigstens in einzelnen hellen Augenblicken in ein natürliches Verhältnis zu den Menschen zurückzuspringen. Was konnte den jugendlichen Mann bestimmen, für sein ganzes Leben sich selbst für alle seine Freunde und Bekannte sterben zu lassen, allen seinen Verwandten für immer Lebewohl zu sagen? Was konnte dem reichen, nach dem litterarischen und politischen Treiben der Welt hinaus dürstenden Geiste diesen furchtbaren Bann auflegen, der ihm vierzig Jahre lang nur einige Worte an Handwerker und Bauern zu richten erlaubte, aber es nicht gestattete, ihn in mündlichen Verkehr auch nur mit *einem* Menschen seines Bildungsstandes zu setzen? Warum hat er sogar den Geistlichen des Orts, dem er sich mitteilte, mit dem er schriftlich lebte, nie gesprochen? Was hat diesem stürmischen Temperamente so furchtbar imponiert, daß es sich in vierzig Jahren, selbst bei manchen dringenden Veranlassungen nie über die Grenze dieses Banns hinausreißen ließ? Was in aller Welt läßt sich denken, das ihn gefährdet hätte, wenn er den Geistlichen, dem er schrieb auch gesprochen hätte? Warum hat der furchtlose, feurige Mann sich nicht einmal auf die Gassen des Dorfes hinausgewagt? Was wäre dabei gewagt gewesen, wenn die Bauern den Leonardus Cornelius gesehen und gegrüßt hätten? Wozu dieses Geheimnis? Und wozu der große, auffallende Apparat zur Bewahrung des Geheimnisses, der mehr verdächtigte als beruhigte? Warum hat der Mann sich einen falschen Namen beilegen lassen? Warum selbst bei allem Andringen der Regierung den Paß verweigert? Der Paß wäre ja ausreichend gewesen, er hätte die Ruhe des Einsiedlers weit vollkommner geschützt, als der Grafentitel und der Name Vavel de Versay, an den niemand recht glaubte. Wie ruhig und unangefochten hätte man den reichen Holländer in seiner Wunderlichkeit in Eishausen fortleben lassen!

Ist es wirklich der unbedeutende und unbescholtene Gesandtschaftssekretär van der Valck gewesen, der in das Schloß von Eishausen eintrat und dort starb, dann drängen alle Umstände zu der Annahme, daß er nicht der Held des unentwickelten Dramas gewesen ist, sondern nur der Diener, – der Hüter eines großen Geheimnisses, – eines Geheimnisses, das wichtig, drängend und vielleicht lohnend genug war, um an seine Hut ein ganzes Leben, das Leben eines an Aussichten, an allen Glücksgütern und an geistiger Begabung reichen Mannes zu setzen.

Und mit dieser Annahme stehen wir wieder an der verschlossenen Zelle, in welcher die Dame dreißig Jahre lang unzugänglich lebte, spüren um den hochumbuschten Garten herum, als das einzige Stück Erde, das ihr Fuß betrat, stehen auf dem schon eingesunkenen Grabhügel im hohen Berggarten zu Hildburghausen, der die Geheimnisvolle nun für immer verschließt.

Wer ist die Dame gewesen? Welches Geschick hat das jugendlich blühende Geschöpf aus der Welt gerissen und in ein einsames Schloß begraben, das sie nur verlassen durfte, als das Grab sie in noch festere Hut nahm.

Es versteht sich von selbst, daß das Gericht diese Frage auch dem Verwandten des Cornelius Leonardus vorgelegt hat. Und was hat dieser geantwortet? – Er hat vollgültige Dokumente für den Beweis seiner Verwandtschaft mit Leonardus Cornelius vorgelegt, aber er hat erklärt: *Weder ich, noch meine Verwandten in Holland haben gewußt, daß unser Verwandter in Eishausen mit einer Dame lebe; wer die Dame gewesen sei, wissen wir nicht.* Also seinen eigenen Verwandten hat »der Graf« das Dasein der Dame im Schlosse verhehlt?!

Was hat das Gericht über die Dame zu ermitteln vermocht?

Nichts, als daß unter den Papieren des Verstorbenen sich eine Reihe von Briefen einer Frau findet, »welche ohne Zweifel an den Verstorbenen gerichtet und mit Agnés Berthelmy née Daniels unterzeichnet sind, und deren Inhalt verbunden mit andern Umständen, *die Annahme zulassen,* daß die Verfasserin der Briefe mit der am 25. November 1837 im Schlosse zu Eishausen verstorbenen Dame *vielleicht identisch gewesen sein könnte,*« – und neben dieser gerichtlichen Erhebung die Angabe des Hofkirchenamts, daß Herr de Vavel gleich nach dem Tode seiner Lebensgefährtin erklärt habe, sie heiße *Sophia Botta, sei ledigen Standes, aus Westphalen und achtundfünfzig Jahre alt,* – eine Erklärung, über deren Grund oder Ungrund nichts zu ermitteln gewesen.

Es werden in zahlreichen öffentlichen Blättern alle diejenigen, welche an den Nachlaß der fraglichen unbekannten Dame Erb- oder sonst irgend welche Ansprüche zu haben glauben, vorgeladen, binnen Jahresfrist vor dem Gerichte zu erscheinen; – deutsche, holländische, französische und englische Blätter excerpieren überdies die Bekanntmachung und geben ihrem Publikum das Rätsel zur Lösung; es wird eine hübsche Erbschaft von eintausendvierhundertsiebzig Fl. geboten. Aber niemand meldet sich dazu.

Die einzige Auskunft, die auf eine Spur zu helfen scheint, giebt eine Korrespondenz aus Heidelberg in der Augsburger Allgemeinen Zeitung. Sie lautet:

»In ihrer Zeitung ist gesagt, daß in dem Nachlasse des van der Valck sich Briefe von einer Dame Berthelmy geb. Daniels vorgefunden hätten, welche von der geheimnisvollen Dame herrühren könnten. Wahr ist, daß eine geborne Daniels, verehelichte Berthelmy, Ausgangs der neunziger Jahre in Frankreich lebte. Diese Frau, aus Köln stammend und mit einer gräflichen Familie Foy in Paris verwandt, muß nachher im jetzigen Rheinbayern wenigstens eine Zeitlang bei einem Verwandten gelebt haben, wo ihre Tochter, wahrscheinlich noch lebend, verheiratet war. Jener Berthelmy soll ein französischer General gewesen sein. Vielleicht führt diese Mitteilung, streng der Wahrheit treu, zu näherer Aufklärung der Geschichte.«

Aber auch diese Mitteilung hat zu keiner Aufklärung geführt. Weder die Ediktalladungen des Gerichts, noch die Wißbegierde und Neugierde der Journalistik des gebildeten Europa hat den Namen der Unbekannten in irgend einem Kirchenbuche, oder auch nur eine Lebensspur von ihr außerhalb des verzauberten Schlosses aufzufinden, keinen auch noch so entfernten Verwandten der Toten aufzutreiben vermocht.

War es in unserm, alles registrierenden Staate möglich, das Leben einer Frau so ganz spurlos von der Erde zu verwischen?

Bleiben wir zunächst stehen bei der eigenen Erklärung des Unbekannten, daß seine Lebensgefährtin *Sophia Botta* geheißen habe, und daß sie ledigen Standes und bürgerlicher Herkunft gewesen sei, so sprechen allerdings mehrere Umstände für die Wahrheit dieser Erklärung. Der Charakter des Grafen zeigte sich immer als wahrheitsliebend; in den vierzig Jahren seines Einsiedlerlebens hat ihn niemand einer Lüge zeihen können; denn die Verhüllung seines Inkognitos mit dem Namen Vavel de Versay war so deutlich eben nur als Verhüllung gegeben, daß sie nicht eine Lüge genannt werden kann. Auch nach dem Tode der Dame, in der großen Verlegenheit, in welche er durch das Gericht gedrängt wird, verschmäht er das zunächst liegende Auskunftsmittel, die Verstorbene für seine Gemahlin auszugeben. Er sagt bestimmt: »sie ist nicht meine Frau gewesen, ich habe sie nie dafür ausgegeben.« Sollte er nun neben dieser Erklärung eine *geradezu* lügenhafte Erklärung zu den Akten des Hofkirchenamts gegeben haben? Sollte er gerade in der Zeit, wo sein Gemüt durch den Schmerz über den Tod seiner Lebensgefährtin besonders weich gestimmt war, sollte er mitten unter den Ausdrücken dieses tiefen Schmerzes, die er seiner Korrespondentin in Hildburghausen zeigte, diese ohne alle Not durch Angabe falscher Personalien, selbst durch Mitteilung eines Briefes, der von der Verstorbenen herrühre, mit Betrug umstrickt haben? Alles das ist sehr unwahrscheinlich! Und wenn die Dame eine Berthelmy née Daniels war und wenn der Graf selbst nach seinem Tode diesen Namen durch ihre Briefe offenkundig werden lassen, warum hat er dem Kirchenamte wieder einen andern Namen angegeben, da er doch, wie wir wohl wissen, überzeugt sein konnte, daß der der geistlichen Stelle anvertraute Name sicher bis zu seinem Tode verschwiegen blieb. – Wenn aber einmal der Graf mit Sophia Botta einen falschen Namen, also wohl einen Namen, der garnicht in der Welt existierte, angegeben hätte, warum hätte er noch verlangt, daß dieser bis zu seinem Tode geheim bleiben solle? Was hätte er gewagt mit dem Namen, zu dem keine Person sich finden konnte?

Nehmen wir hiernach die Erklärung des Grafen für wahr an, und also auch die Angabe, daß die Verstorbene arm, von unbedeutendem Stande gewesen und *keine Verwandten habe*, so ist zwar sehr begreiflich, daß niemand zum Antritt der Erbschaft der Dame sich meldete. Aber wenn sich irgend Personalien erfinden lassen, welche die Lebensweise der Dame unerklärlich erscheinen lassen, so sind es eben die von dem Grafen erklärten Umstände. Eine arme, bürgerliche, vater- und mutterlose Waise, die keinen Verwandten mehr in der Welt hat – diese wird in das verzauberte Schloß geführt, mit Verehrung und zartester Aufmerksamkeit wie die Herrin desselben behandelt und mit einem unsäglichen Aufwand von großartigen Mitteln, mit einer, das ganze Leben des Mannes absorbierenden Resignation von diesem dreißig Jahre lang vor den Augen der Welt gehütet, wie ein kostbares Kleinod, das, der Welt geraubt, jeden Augenblick in Gefahr steht, entdeckt und wieder zurückgefordert zu werden. Die arme Waise, nach der niemand fragt, wird gehütet wie eine entführte Königstochter!

Das soll also die verwaiste Sophia aus Westphalen gewesen sein, die im Jahre 1807 auf der Wiese in Eishausen hinschwebte und den »Herrn,« wie einen »Diener« hinter sich hatte? Und der Herr hinter ihr, der stolze, feurige Graf, der sie, den Hut unter dem Arm, in den Wagen hebt, ist ihr Wohlthäter, ihr Erretter? Die arme Waise, zu der niemand sich bekennen will, obschon alle Tuben der Journalistik nach ihren Verwandten rufen, – also sie ist es, die man selbst vor den Augen der Bäuerinnen von Eishausen verbergen mußte, als ob jede derselben ihr Geheimnis entdecken könnte?!

Der Schlüssel, den der Graf uns zu dem Geheimnis der Unbekannten giebt, bricht ab, sobald wir ihn gebrauchen wollen, und die dunkle Pforte, hinter der die Geheimnisvolle lebte und starb, schließt sich nur noch fester.

Wenn ich, wie ich so gern möchte, an der Wahrheitsliebe des Grafen nicht zweifeln soll, so bleibt mir nur übrig, die sachlichen Personalien, die er für die Dame freiwillig angab – nämlich, daß sie eine Waise sei und ohne Verwandte, – buchstäblich oder in *bildlichem* Sinne für wahr zu halten, den Namen *Sophia Botta*, aber nicht für den ursprünglichen, sondern für einen, in früherer, verhängnisvoller Zeit auf die aus dem Verzeichnis der Lebenden gestrichene Frau übergetragenen und von ihr angenommenen Namen.

Zu der Annahme, daß die Unbekannte die französische Briefstellerin Agnés Berthelmy née Daniels gewesen sei, kann ich mich nicht verstehen, weil damit die eigenen Angaben des Grafen als unwahr, namentlich der von ihm so unverfänglich mitgeteilte *deutsche* Brief als untergeschoben betrachtet werden müßten, und weil auch andere Umstände mit einer solchen Annahme sich nicht in Einklang bringen lassen.

Damit nun aber auch der, nach dieser Seite hin sich richtenden Kritik ihr Recht werde, so will ich hier einen Aufsatz mitteilen, der mir von einer Stelle her zugesendet wurde, der ich Veranlassung hatte, meine Geschichte der Geheimnisvollen im Schlosse zu Eishausen im Manuskripte vorzulegen. Der Verfasser selbst ist mir unbekannt; aber es ist mir verbürgt und erhellet aus seinem Aufsatze selbst, daß ihm verstattet war, Einsicht in die aufgefundenen Papiere der Dame zu nehmen, und daß er mit Treue und Scharfsinn Notizen aus denselben gesammelt hat. Ich gebe den Aufsatz hier, obschon er meinem Scharfsinn ein sehr schlechtes Kompliment macht und durch schwunghafte, schöne Darstellung meinen einfach referierenden Stil sehr in Schatten stellt. Ich gebe ihn, um auch Ansichten hervortreten zu lassen, welche der meinigen widersprechen.

14. Eine schauerliche Hypothese.

(Von einem anderen Autor.)

»Wie anschaulich und treffend auch das Eremitenleben des außerordentlichen Mannes in der uns mitgeteilten Darstellung gezeichnet ist, so sind doch die Versuche zur Lösung des Rätsels auf politischem Wege durchaus nicht befriedigend.[14]

Auf die hingeworfenen Äußerungen des Unbekannten ist um so weniger Gewicht zu legen, je mehr ihm daran gelegen sein mußte, sich in ein mystisches Dunkel zu hüllen und die Forschenden auf falsche Spuren zu leiten. Deutlich sieht man, wie der schlaue Diplomat die Faden des geheimnisvollen Gewebes, in das er sich einspann, fein zu weben wußte, und wie geschickt er die guten Ingelfinger, die ihn Monseigneur titulierten, eben sowohl wie die Hildburghäuser zu mystifizieren verstand durch Andeutungen seiner hohen Bekanntschaften. Erst nach dem Tode seiner Gefährtin, als seine Furcht vor Entdeckung sich legte und seine frühere Zurückgezogenheit, *wie er selbst* sagt, zur freiwilligen wurde, lüftete er bisweilen die Maske, und bei seinem Scheiden aus der Welt läßt er, gewiß nicht ohne kluge Berechnung, die Schlüssel, nicht zu dem Ganzen seines Geheimnisses, sondern zu dessen unverfänglichem und unschuldigerem Teile zurück, – seinen Taufschein und die Briefe seiner Geliebten. Aus jenem ersieht man, daß er L. Cornelius van Valck hieß und aus einem Amsterdamer Patriciergeschlechte stammte, – aus diesen, daß er der batavischen Republik in den neunziger Jahren attachiert war.

Von Paris aus korrespondiert er mit Agnés Berthelmy geb. *Daniels*, einer geborenen Deutschen vom Niederrhein, deren Brüder zu Bonn, Zweibrücken und Kaiserslautern lebten. Er hatte sie vor ihrer Vermählung gekannt und geliebt, mochte aber durch seine Familie von der Verbindung mit ihr abgehalten worden sein. Sie war Mutter

---

[14] Ich muß hier bemerken, daß die erwähnte Darstellung, als sie dem Autor der »schauerlichen Hypothese« vorlag, zwei nach der Bourbonischen Familie deutende Daten noch nicht enthielt: nämlich das Musterzeichen der Leibwäsche der Dame und die Behauptung des Hrn. v. B., daß die Dame eine auffallende Ähnlichkeit mit der Bourbonischen Familie zeige.

einer lieblichen Tochter, die ihr einziges Glück ausmachte. Denn ihr Gatte, wahrscheinlich Soldat, lebte um 1798 schon vier Jahre getrennt von ihr und ließ sie zu Mans (Dep. Maine et Loire) in dürftigen und peinlichen Verhältnissen, von seiner Familie bewacht, aus Eifersucht, weil er wohl merken mochte, daß ihr Herz einem andern gehörte und daß sie mit diesem korrespondierte und reiche Geschenke von ihm erhielt. Er dringt auf Scheidung, in welche Agnés jedoch nicht willigt, in der Hoffnung, daß er einst sein Unrecht noch erkennen und sich mit ihr aussöhnen werde. Van der Valck unterstützt sie von Paris aus, sendet ihrer Tochter ansehnliche Geschenke und scheint sie beredet zu haben, mit ihm nach Deutschland zu entfliehen. Sie widersteht, ihrer Pflicht getreu, beschwört ihn, sie zu vergessen, rät ihm ab, sich, wozu er aus Schwermut sich entschlossen zu haben schien, in die Einsamkeit zurückzuziehen, dringt in ihn, doch vergeblich, eine sehr glänzende Verbindung, die sich ihm darbot, einzugehen.

Endlich, da sie die Hoffnung aufgiebt, Berthelmy zu versöhnen, zeigt sie sich geneigt, in die Scheidung zu willigen, wenn Berthelmy ihr eine Pension für ihre Tochter aussetzen wolle, mit der sie sich dann zu ihrer Familie nach Deutschland wenden wollte. Berthelmy scheint dies nicht eingegangen zu sein, und so schreibt sie endlich im Herbste 1799, daß sie gesonnen sei, um ihrer peinlichen Lage in Mans zu entgehen, eine Reise nach Deutschland zu ihren Brüdern zu machen, mit denen van der Valck in Korrespondenz stand. Hier schließen die Briefe. – In Deutschland nun scheint sie ihren frühern Geliebten wiedergefunden und, ohne von Berthelmy gesetzlich getrennt zu sein, ihr Los mit dem ihres Wohlthäters unzertrennlich verbunden zu haben.

Aber sie fürchten die Rache des beleidigten Gatten, der Weib und Tochter aufsucht, und diese Furcht treibt sie unstät umher, bis sie in Hildburghausen eine sichere Zuflucht gefunden haben. Doch auch da bleibt van der Valck fortwährend auf seiner Hut und seine Furcht hört erst mit dem Tode des Mannes auf, von dem er sagt: wenn *ein* Mann etwas früher gestorben wäre, so würde ich in die Welt zurückgekehrt sein; doch nun verlohnt es sich nicht mehr der

Mühe. Derselbe Mann, von dessen Aufenthalt er sich durch besoldete Agenten gewiß fortwährend berichten ließ, war es vielleicht, der 1813 mit dem Corps von Augereau über Koburg nach Eishausen kam und von dem er später sagte: »damals war ein Mann hier, der, wenn er mich gesehen hätte, mein Schicksal entschieden haben würde.«

Die Identität des Unbekannten von Ingelfingen mit dem von Eishausen scheint unbezweifelt. Seine Begleiterin zu Ingelfingen aber, im Jahre 1803, in welcher die treuherzigen Schwaben die Tochter Ludwigs XVI. zu erblicken vermeinten, wird sie wohl jemand anders gewesen sein, als seine angebetete Agnés? Wenn man sie bald für seine Gemahlin, bald für Ludwigs XVI. Tochter halten konnte, so mußte sie damals in den Zwanziger Jahren stehen.

Aber wie? jene Dame, die er 1810 mit sich nach Eishausen bringt, wird von den Wenigen, die sie erblickten, als eine jugendliche Schönheit von fünfzehn bis *höchstens* achtzehn Jahren bewundert! Unmöglich war dies dieselbe, welche zu Ingelfingen mehrere Jahre vorher an seiner Seite erschien. Die Briefe lassen uns keinen Zweifel, es war der reizenden Agnés, die auf Cornelius einen so tiefen Eindruck gemacht hatte, verjüngtes Ebenbild, von welchem Agnés mit Mutterstolz schrieb: »*j'ose le dire, elle est bien jolie*«, welche damals 1798, bereits vier Jahre von dem Vater verlassen, etwa sechs Jahre, mithin im Jahre 1810 deren siebzehn bis achtzehn zählte. Die Zärtlichkeit des Barons war von der Mutter auf Tochter übergegangen, wer will sagen, in welchem Grade? Das war jene »arme Waise,« wie der Unbekannte sie selbst nach ihrem Tode bezeichnet, der er, nach seinen eigenen Worten, so viele schöne Sachen *aufgedrungen*, die von Kind an schon, wie aus den Briefen erhellt, ihm wegen reicher Geschenke zur Dankbarkeit verpflichtet war und die Mutter oft mit Fragen bestürmte, wer ihr unbekannter Wohlthäter sei. Er hatte sie und ihre Mutter der Armut entrissen, mit kostbaren Gaben überhäuft und mochte ihr wohl vorgespiegelt haben, um ihretwillen halte er sich von der Welt zurückgezogen. Darum schreibt sie in dem Billet, welches der Graf nach ihrem Tode seiner Korrespondentin zu Hildburghausen mitteilte, in so zärtlichen Ausdrücken an den geliebten »Ludwig« (auch sie hatte er über seinen Vornamen getäuscht vielleicht sich für einen Bourbon ausgegeben), dessen tausend Opfer sie nur mit ihrer Liebe vergelten könne.

Das war die arme Mignon im Schloßgefängnis zu Eishausen, die, von aller Welt abgeschieden, ein Kind am Geiste blieb, welche, an ihren Beschützer und Wohlthäter, ihren Hüter und Tyrannen gekettet durch Dankbarkeit und Gewohnheit, mit Näschereien und Putzwaren, Schmuck und Spielwerk für die verlorne Freiheit entschädigt wurde, die mit jenen Beutelchen, deren man nach ihrem Tode Hunderte in ihrem Zimmer fand, spielte, – das arme Kind, dem man Katzen zur Gesellschaft gab, statt der Menschen, das an jene schmeichelnden, falschen Tiere die Liebe verschwendete, die sie edleren Wesen zu widmen gehindert war. Das war das arme Geschöpf, wie der Kammerdiener Philipp sagt, »arm, ohne Vermögen und doch Herrin über alles,« – Herrin und Sklavin zugleich, die nur den Blumen und Gebüschen des hoch umzäunten Serails ihre Klagen anvertrauen durfte, auch da von den Falkenaugen des vom Schloßfenster lauernden van der Valck überwacht: – die umsonst bei dem jungen Arbeiter im Winkel des Gartens beim Spital Zuflucht sucht mit den Worten: »lieber Schmidt, ich wollte Sie gern sprechen,« – denn der Graf rennt wütend aus dem Gebüsche hervor und reißt sie hinweg; – die mit stummer Verzweiflung jeden Versuch, sich Hilfe und Freiheit aus ihren goldnen Ketten zu verschaffen, vereitelt sieht, – die zarte Taube, die umsonst sich den scharfen Krallen des *Falken* zu entwinden strebt. Cornelius van der Valck giebt sein Opfer nicht eher los, als bis es der allgewaltige Tod ihm abringt.

Da entflieht die erlöste Seele dem Kerker des Leibes, dessen Schönheit ihr Unheil gewesen, und findet in seligen Räumen vor dem Throne des Allsehenden Zuflucht, um dort ihren Tyrannen anzuklagen – oder für ihn zu bitten.

Wie oft mag sie aus ihrem Gefängnis zu den Sternen betend emporgeblickt haben! Kein Priester, weder derjenigen Kirche, in der sie geboren und bis zum achten Jahre erzogen war, noch jener, deren Glockentöne sie seit siebenundzwanzig Jahren von fern herüber vernahm, ohne ihren Trost genießen zu können, – weihte die Stätte des einsamen Berggartens hoch über dem Werrathale, wo, fern von Menschenwohnungen, fern von den Ufern der Maine, an der sie das Lebenslicht zuerst erblickt hatte, der noch im Tode schöne und bewunderte Leib unter Lampenschein in schauriger Novembernacht eingesenkt ward. Das war nicht »Sophia Botta, ledig, bürgerlichen

Standes, aus Westphalen, achtundfünfzig Jahre alt,« wie der greise Diplomat täuschend vorgab, das war eine volle, noch wohlerhaltene Schönheit von fünfundvierzig Jahren, die arme Waise aus Mans, des ungestümen Berthelmy und der unglücklichen Agnés Daniels unglückliche Tochter, – nicht gewaltsam, wie die wohlweislich vom Grafen angeordnete Öffnung des Sarges an dem Grabe darthut, sondern langsam hingemordet, ohne ärztliche Hilfe, am gebrochenen Herzen dahingewelkt.

Und was war aus ihrer Mutter geworden? Konnte sie so ängstet, nicht beistehen? Hat sie eigener Wille, oder Notwendigkeit des Schicksals, oder der Tod von ihr schon längst getrennt? War sie nicht in Ingelfingen an der Seite des Grafen erschienen?

Wahr ist es, immer sah man nur *eine* Dame an seiner Seite, verschleiert oder mit grüner Brille. Aber konnte nicht bei den Reisen, die der Graf von Hildburghausen aus machte, einmal noch eine zweite Dame, im Abenddunkel, im verschlissenen Hofe, den Hausbewohnern unbemerkt aus dem Wagen gestiegen sein und in den selbst vom Kammerdiener kaum betretenen Gemächern sich verborgen halten? nicht Mutter und Tochter zugleich im verschlossenen Wagen den Grafen nach Eishausen begleiten? Die Gräber schweigen, und der Zeugen Mund ist verstummt: aber »wenn diese schweigen, so werden die Steine schreien.« Und siehe, von seinem Steinhaufen richtet sich der alte Chausseewärter von Eishausen empor, ein unverdächtiger Zeuge, von dem das Manuskript sagt: »ein nüchterner, zuverlässiger Mann, der die gräfliche Equipage oft vorüberfahren sah;« dieser hat dem Verfasser oft versichert, der Graf habe *zwei Frauen* bei sich, und er sagte *mit Bestimmtheit* »heute ist die *Alte mit ihm ausgefahren,*« oder: »heute hat *die Junge bei ihm gesessen.*«

Hat den Verfasser, der die Briefe, der Schlußnote zufolge, ihrem Inhalt nach kannte, beim Niederschreiben dieser Worte keine Ahnung durchschauert? Wer mag wissen, was die innern Gemächer des Schlosses zu Eishausen geborgen haben? was hinter den stets zugezogenen Gardinen vorgegangen ist? Nur der Kammerdiener, der treue Philipp, der Vertraute des Grafen, konnte außer diesem darum wissen und mußte wohl darum wissen. Was hat ihm denn so sehr auf dem Herzen gelastet, das er gern beichten wollte und nicht konnte und durfte? Wo ist die »Alte« hingekommen? wo hat sie ihre letzten Seufzer ausgehaucht? wo ihr Grab gefunden? Lassen wir den stillen Gräbern ihr Geheimnis und dem Allwissenden im Lichte das Gericht.

Gewiß, der Graf war ein ausgezeichneter Mann, von hohem Geiste, seltner, gründlicher und feiner Bildung, von hellem, durchdringendem Verstande, reicher Welterfahrung, diplomatischer Feinheit, eiserner Konsequenz, tiefem Gefühle und warmem Herzen. Der Verlust seiner Liebe hatte ihn mit bitterm Haß erfüllt und schon in Paris in ihm den Gedanken erzeugt, sich von der Welt zurückzuziehen. Der Welt kann er entsagen, aber derjenigen nicht, die sein Herz besessen; er wird ihr Wohlthäter, ihr Beschützer gegen den harten Ehegatten; er flieht endlich mit ihr in einen einsamen Winkel. Da vergräbt und verschanzt er sich in seinen Bau und weiß die Späher, die Neugierigen sowohl, als den rachedürstenden Gatten, der vergeblich nach Weib und Tochter forscht, listig zu täuschen und umgiebt, um auf falsche Spuren zu leiten, sich mit einem Nimbus politischer Mysterien. Von fern schaut er geborgen auf das Gewühl der Welt; er spottet ihrer; er kann sie entbehren; er ist ja Philosoph, d. h. ein französischer Philosoph, ein Epikuräer, ein Encyklopädist, ein Jünger Diderots; er hat, was er lange erstrebt; er genießt in Ruhe sein Glück, umgiebt sich mit den größten unsterblichen Geistern der gebildeten Nationen, macht sich durch Studium der Medizin selbst von ärztlicher Hilfe unabhängig; – umgeben von den Erzeugnissen des Luxus und der Eleganz der französischen Hauptstadt, im Genusse der Freuden der Tafel und der feurigsten, würzigsten Weine, im Umgange mit zwei liebenswürdigen Damen, seiner ersten Flamme und deren heranblühender Tochter, die ihn, ganz ergeben sind, ihm alles verdanken, ihn lieben. verehren, fürchten – durch die Furcht vor Entdeckung zwar in reger Spannung und Thätigkeit erhalten, aber nicht gequält von Gewissensbissen, über die ihn sein tiefes Studium der französischen Philosophie erhebt, entsagt er der Welt.

Das ist die großartige Resignation des ehrwürdigen Eremiten von Eishausen. Er entsagt der Welt und verachtet sie; darum darf er sie auch täuschen, und er täuscht und spinnt sein Gewebe bis an das Ende seiner Tage fort. Nur der Korrespondentin zu Hildburghausen vertraut er nach dem Tode seiner Gefährtin, mit der auch seine

Furcht vor Entdeckung vollends zu Grabe getragen ist, daß seine Verbindung mit der Verstorbenen etwas Romantisches, einer Entführung Ähnliches gehabt habe, und im Tode ist er redlich genug, die Maske abzulegen und der Nachwelt einen Blick in sein Geheimnis zu gönnen, doch nur einen Blick. Er hinterläßt den ersten Teil des Romans, der sein Leben ausmacht, die Briefe, – den ersten Teil, der ihn im vorteilhaften Licht zeigt. Die folgenden Teile hat er für sich behalten und mit ins Grab genommen und es bleibt dem Leser unbenommen und überlassen, mittelst Kombination und Phantasie das Übrige zu ergänzen, als ein politisches oder bürgerliches Schauspiel.«

15. Schlußbetrachtung.

So scharfsinnig und anziehend auch die vorstehende Darstellung und so sehr sie auch dem, nach einer schauerlichen Lösung des Rätsels gelüstenden Leser zusagen mag, so kann ich ihr doch nicht das letzte Wort in dieser Schrift lassen.

Der Verfasser meint, daß der schlaue Einsiedler auch sterbend nur die erste Hälfte des von ihm gespielten Dramas enthüllt habe. Ich glaube, daß er den Vorhang nur geöffnet hat, um durch den sichtbaren Auftritt das Auge des Zuschauers weiter von dem wahren Hergang abzuleiten.

Die Unbekannte in Ingelfingen soll die schöne Agnés Berthelmy gewesen sein, die geraubte Gattin eines französischen Offiziers, die der kühne Entführer ängstlich vor dem rachsüchtigen Gatten verbirgt. Ich frage: wozu diese Entführung? wozu dieses Wagnis, vor dessen Entdeckung, wie es den Anschein hat, die beiden Schuldigen ihr ganzes Leben hindurch zittern mußten? – Der Mann hat ja selbst der Frau ledig sein wollen; er selbst hat auf Scheidung gedrungen; diese muß also wohl auch durch die Konfessionsverhältnisse gestattet gewesen sein, zumal in den neunziger Jahren in der französischen Republik. Die Frau geht auf die Scheidung nur deshalb nicht ein, weil sie auf Versöhnung mit ihrem Manne hofft und eine Pension für ihr Kind verlangt. Aber was in aller Welt kann einer Frau die sich von einem Geliebten ihrem Manne entführen läßt, an der Versöhnung mit diesem gelegen sein? und wie mag sie um eine Pension für ihre Tochter feilschen, wenn der reiche Entführer ihr die Hand bietet? Warum nimmt sie nicht ganz einfach die Scheidung an? Dann hat sie ihre Freiheit und kann ungefährdet mit ihrem Geliebten in die Welt gehen, braucht nicht ihm und sich die Last eines Verbrechens aufzubürden, die zwar der »Epikuräer« vielleicht von dem Gewissen wegphilosophieren kann, aber deren furchtbarer Druck noch wie ein Alp auf seinem ganzen Leben lastet. Der Referent liest in den Briefen die Erwiderung einer tiefen Leidenschaft der Liebe. Aber der schriftliche Ausdruck trügt; er steigert gewöhnlich die Empfindungen des Schreibenden, und nun vollends der galante französische Stil. Kein einziger Ausdruck enthält einen entschiedenen Beweis eines zwischen den Korrespondenten bestehenden, sträflichen Liebesverhältnisses.

Der Referent nimmt an, daß der Entführer auch die Tochter seiner Geliebten in den Bann seines Geheimnisses hineingezogen habe – Das, wenn wirklich die schöne Agnés bei ihm lebte, scheint nur nicht unglaublich; sondern nur darüber wundere ich mich, daß er das Kind nicht Zugleich mit der Mutter zu sich genommen, sondern daß die zärtliche Mutter ihr Kind verlassen, man kann sich nicht denken, wem und mit welchen Subsistenzmitteln hinterlassen hat. Und hat sie fliehend ihr geliebtes Kind verlassen, wer anders wird sich dessen angenommen haben, als der Vater, und dieser soll die Tochter später dein Entführer seiner Frau nachgesendet, oder auch sie sich haben entführen lassen?

Und wenn wirklich der Graf auch die Tochter in seine Einsamkeit zu sich und ihrer Mutter genommen hat, ist es irgend denkbar, daß er sie, deren Schönheit er noch nie gesehen, gleich in der vorbedachten Absicht habe kommen lassen, um seine Agnés gelegentlich abzuthun und ihr die jugendliche Tochter zu substituiren? Hat er deshalb die, seine ganze Reputation bedrohende Gefahr auf sich genommen, daß, neben der schon geheimnisvollen Dame, noch ein zweites eingeschmuggeltes weibliches Wesen bei ihm entdeckt würde? Wollte er die Tochter zu sich nehmen, so konnte er es ohne Verheimlichung ihrer Person thun. Dies war offenbar das Sicherste.

Und war es selbst die entführte Agnés, die er bei sich hatte, und hat er selbst auch die Tochter neben ihr gehütet, so war diese auffallende, mehr verdächtigende, als sichernde Verheimlichung immer nur barer Unsinn. Die würdige Matrone. in deren Haus er in Hildburghausen wohnte, die ehrsamen Bäuerinnen im Dorfe Eishausen würden wahrhaftig nicht dem rachsüchtigen Berthelmy in Frankreich seine Beute verraten haben.

Vollends die Wahrheit der schauerlichen Hypothese angenommen, daß Leonardus Cornelius seine einst geliebte Agnés heimlich begraben und für seine Liebe ihre jugendliche Tochter substituiert habe, ist es dann irgend denkbar, daß er die Briefe, die steten Ankläger während seines Lebens und die Verräter nach seinem Tode, aufbewahrt und sterbend selbst dem Gerichte überliefert haben sollte?

Die Aufbewahrung spricht nur dafür, daß die Briefe ihm vielleicht als eine alte, nicht mehr in sein jetziges Leben greifende Erinnerung, besonders lieb waren, oder daß sie mit seinem Geheimnis nicht in Verbindung standen und in dieser Beziehung ihm ganz unwichtig erschienen. Das Gericht hat diese Umstände wohl erwogen, und der Referent des vorstehenden Aufsatzes gesteht wenigstens dieses zu, daß die entführte Agnés und die im Berggarten begrabene Gräfin nicht ein und dieselbe Person sein können.

Übrigens behauptet die oben mitgeteilte Korrespondenz aus Heidelberg ausdrücklich, daß die Tochter der Agnés Berthelmy, wahrscheinlich noch lebend, in Rheinbayern verheiratet war. Warum hat sich kein Glied der Familien Berthelmy oder Daniels zur Erbschaft in Eishausen gemeldet? Ganz einfach aus dem Grunde, weil sie wissen mußten, daß die Dame im Schlosse weder ihre Agnés noch deren Tochter sein könne, da beide ihnen nie verloren gegangen waren.

Übrigens möchten wir in dem Charakter des Grafen selbst den gewichtigsten Grund gegen die Deduktion des Referenten finden. Ein junger Mann, der sich in fast jugendlichem Lebensalter aus dem bewegten, glänzenden und ihm günstigen Leben von Paris in die Einsamkeit zurückzieht, zeigt nicht eben die Neigung eines Lüstlings. Als ein solcher zeigt er sich auch nachgehends in keinerlei Weise. Ein Mann, dessen eiserne Konsequenz durch ein vierzigjähriges Leben der Entsagung bewiesen ist, sieht nicht danach aus, daß er eine Geliebte, für die er eben seine ganze Existenz aufgegeben hat, bald wieder beiseite werfen könnte. Und hatte er die Natur der Veränderung suchenden Liebe, so wäre er wohl nicht bei dem zweiten Gegenstande derselben stehen geblieben. Und wir haben doch bereits genugsam erwähnt, daß dem Grafen in einem vierzigjährigen Leben keinerlei Unsittlichkeit zur Last gelegt werden konnte, obschon die Einsamkeit und andere Umstände leicht dazu locken mochten. Endlich sieht der kühne Widerstand des Grafen gegen die Forderung des Gerichts, sein entschiedenes Ablehnen aller Winkelzüge und jeder, auf dem Wege der Bitte zu ermöglichenden Vermittelung wahrhaftig nicht aus, wie die Angst eines vor der Entdeckung eines Verbrechens zitternden Gewissens.

So stehen wir denn am Schlusse unserer Geschichte wieder am Anfang derselben. Alle Fäden, die wir in die Hand nahmen, um den geschürzten Knoten des Geheimnisses zu entwirren, verknoten sich zu neuen Schwierigkeiten.

Das Rätsel ist ungelöst.

Doch halten wir eine endliche Lösung für möglich, ja für wahrscheinlich und geben eben diese Blätter auch mit dem Wunsche hinaus in die Welt, daß sie an den rechten Pforten die Lösung des Geheimnisses suchen. Nachteilig kann eine solche Enthüllung des Geheimnisses, dessen Anfang und Motiv nunmehr ein halbes Jahrhundert hinter uns liegt, gewiß für niemand sein. Diejenigen aber, die sich berufen finden, der Lösung nachzugehen, möchten wir bitten, daß sie ihre Forschung und Kritik auch nach einer Seite hin wenden, die bis jetzt noch kaum betreten worden ist, – sie mögen einmal nachsehen, ob die großartige Weltentsagung, die dort im Schlosse zu Eishausen vierzig Jahre lang geübt wurde, vielleicht nicht nur in einem großen politischen Verhängnisse ein trauriges, sondern auch in einer bewundernswerten Aufopferung der Freundschaft, der Liebe, oder des Patriotismus das edelmütigste Motiv hatte. Wir unsers Teiles hoffen, daß, wenn über dem Grabe des Einsiedlers des Schlosses von Eishausen die noch festgeschlossene Knospe des Geheimnisses sich öffnet, die erschlossene Blüte es zeigen wird, wie sie aus einem reinen, grossen, aber vielleicht unglücklichen Leben hervorgetrieben ist, und daß die Dankbarkeit nicht wird erröten müssen, wenn sie diese Blüte auf dem Grabe der verstorbenen pflegt.

Ende

Nachwort.

Während die meisten der »Geheimen Geschichten« von Friedrich Bülau selbst verfaßt sind, stammt die vorstehende Schilderung des geheimnisvollen Paares im Schlosse zu Eishausen aus der Feder des 1872 verstorbenen Dr. Karl Kühner, der früher Superintendent in Saalfeld und 1851-67 Direktor der Musterschule in Frankfurt a. M. gewesen war. Kühner, der übrigens auch sonst als Schriftsteller aufgetreten ist er verfaßte »Pädagogische Zeitfragen für Eltern und Schulmänner« (Frankfurt a. M. 1863) und »Dichter, Patriarch und Ritter« (Frankfurt a. M. 1869), einen Beitrag zu Friedrich Rückerts Lebensgeschichte und Dichtung – war ein Sohn des Hofpredigers Kühner in Eishausen, des einzigen Menschen, mit dem der geheimnisvolle Unbekannte während seiner vierzigjährigen freiwilligen Weltabgeschiedenheit wenigstens in schriftlichen Verkehr getreten war. Kühner war daher wie kein anderer berufen, alles, was sich über den merkwürdigen Mann und seine Begleiterin ermitteln ließ, zu sammeln und darzustellen, und man muß anerkennen, daß er dies mit Umsicht und Gründlichkeit gethan hat.

Ausführlicher noch hat sich Human in seinem Buch »Der Dunkelgraf von Eishausen« (2 Teile, Hildburghausen 1883 bis 1886) mit dem geheimnisvollen Paar beschäftigt und auf Grund von Akten und Familienpapieren meiner Ansicht nach unzweifelhaft nachgewiesen, daß der Einsiedler in der That mit jenem Leonardus Cornelius van der Valk identisch gewesen ist, dessen Paß in dem Nachlaß des Verstorbenen vorgefunden wurde. Dagegen scheint mir Humans Hypothese, der in der unbekannten Dame eine Prinzessin Conti sieht, eine Tochter jener Stephanie Louise de Bourbon Conti, deren Memoiren Goethe die Anregung zu seiner »Natürlichen Tochter« boten, doch nur auf schwachen Füßen zu stehen.

Angeregt durch eine Mitteilung von Fräulein E. Kühner in Nr. 192 der Dorfzeitung von Hildburghausen vom 16. August 1908 folgte ich den dort gegebenen Spuren und konnte nach standesamtlichen Akten feststellen, daß jene Agnes Berthelmy, geborene Daniels, deren Identität mit der Unbekannten das Gericht annahm, schon am 28. Februar 1827 in Winnweiler in der Pfalz gestorben ist, während der Tod ihrer Tochter Juliane, der Witwe des bayrischen

Steuereinnehmers Jakob Huber, am 4. April 1867 in Obermoschel erfolgte. Damit ist die Annahme des Gerichts und jene auf S. 90-97 aufgestellte »schauerliche Hypothese« allerdings widerlegt, jedoch ist es nicht gelungen, das eigentliche Geheimnis, nämlich den Grund zu enthüllen, der das Paar zu seiner jahrzehntelangen Weltabgeschiedenheit veranlaßte, und wenn nicht ein Zufall Licht in dieses Dunkel dringt, so wird es wohl für immer ein ungelöstes Rätsel bleiben.

Dr. Robert Geerds

Über tredition

Eigenes Buch veröffentlichen

tredition wurde 2006 in Hamburg gegründet und hat seither mehrere tausend Buchtitel veröffentlicht. Autoren veröffentlichen in wenigen leichten Schritten gedruckte Bücher, e-Books und audio-Books. tredition hat das Ziel, die beste und fairste Veröffentlichungsmöglichkeit für Autoren zu bieten.

tredition wurde mit der Erkenntnis gegründet, dass nur etwa jedes 200. bei Verlagen eingereichte Manuskript veröffentlicht wird. Dabei hat jedes Buch seinen Markt, also seine Leser. tredition sorgt dafür, dass für jedes Buch die Leserschaft auch erreicht wird.

Im einzigartigen Literatur-Netzwerk von tredition bieten zahlreiche Literatur-Partner (das sind Lektoren, Übersetzer, Hörbuchsprecher und Illustratoren) ihre Dienstleistung an, um Manuskripte zu verbessern oder die Vielfalt zu erhöhen. Autoren vereinbaren direkt mit den Literatur-Partnern die Konditionen ihrer Zusammenarbeit und partizipieren gemeinsam am Erfolg des Buches.

Das gesamte Verlagsprogramm von tredition ist bei allen stationären Buchhandlungen und Online-Buchhändlern wie z. B. Amazon erhältlich. e-Books stehen bei den führenden Online-Portalen (z. B. iBookstore von Apple oder Kindle von Amazon) zum Verkauf.

Einfach leicht ein Buch veröffentlichen: **www.tredition.de**

Eigene Buchreihe oder eigenen Verlag gründen

Seit 2009 bietet tredition sein Verlagskonzept auch als sogenanntes "White-Label" an. Das bedeutet, dass andere Unternehmen, Institutionen und Personen risikofrei und unkompliziert selbst zum Herausgeber von Büchern und Buchreihen unter eigener Marke werden können. tredition übernimmt dabei das komplette Herstellungs- und Distributionsrisiko.

Zahlreiche Zeitschriften-, Zeitungs- und Buchverlage, Universitäten, Forschungseinrichtungen u.v.m. nutzen diese Dienstleistung von tredition, um unter eigener Marke ohne Risiko Bücher zu verlegen.

Alle Informationen im Internet: **www.tredition.de/fuer-verlage**

tredition wurde mit mehreren Innovationspreisen ausgezeichnet, u. a. mit dem Webfuture Award und dem Innovationspreis der Buch Digitale.

tredition ist Mitglied im Börsenverein des Deutschen Buchhandels.

Dieses Werk elektronisch lesen

Dieses Werk ist Teil der Gutenberg-DE Edition DVD. Diese enthält das komplette Archiv des Projekt Gutenberg-DE. Die DVD ist im Internet erhältlich auf **http://gutenbergshop.abc.de**